Felix Timmermans, geboren am 5. Juli 1886 in Lier, ist am 24. Januar 1947 dort gestorben.

Bilder, Bücher und die Dinge des täglichen Lebens, alles half Felix Timmermans beim Erzählen. So jedenfalls berichtet er in seinem autobiographischen Text »Wie ich Erzähler wurde«, und daß er an Erzählungen seine besondere Freude hatte, ob er sie nun von anderen hörte oder selbst zu Papier brachte, daß sie ihm gewissermaßen im Blut lagen, davon zeugen nicht nur seine Romane, sondern auch seine Erzählsammlungen.

»Die Erzählung sucht nach dem Leben hinter den Dingen, sie liest zwischen den Zeilen des Lebens. Sie findet Schönheit, wo scheinbar nur Öde und Häßlichkeit herrschen. Aber ihr entgeht auch das Weinen nicht, das sich hinter einem Lachen verbirgt.«

Zweiundzwanzig Erzählungen sind in der Sammlung »Das Licht in der Laterne« vereint, ausgestattet mit zahlreichen Zeichnungen und Vignetten des Autors. Das Buch erschien erstmals 1926 im Insel Verlag und enthält unter anderem die berühmten Erzählungen »Der Heilige der kleinen Dinge«, »Die Flucht nach Ägypten« und »Sankt Nikolaus in Not«.

insel taschenbuch 1289

Felix Timmermans

Das Licht in der Laterne

Timmermans
Das Licht in der Laterne

Erzählungen

Aus dem Flämischen von
Anna Valeton-Hoos
und Anton Kippenberg

Mit Zeichnungen des Autors

Insel Verlag

insel taschenbuch 1289
Erste Auflage 1990

Hinweise zu dieser Ausgabe am Schluß des Bandes
Vertrieb durch den Suhrkamp Taschenbuch Verlag
Umschlag nach Entwürfen von Willy Fleckhaus
Satz: IBV Satz- und Datentechnik GmbH, Berlin
Druck: Nomos Verlagsgesellschaft, Baden-Baden
Printed in Germany

1 2 3 4 5 6 – 95 94 93 92 91 90

Inhalt

Sankt Nikolaus in Not

Es fielen noch ein paar mollige Flocken aus der wegziehenden Schneewolke, und da stand auf einmal auch schon der runde Mond leuchtend über dem weißen Turm.

Die beschneite Stadt wurde eine silberne Stadt.

Es war ein Abend von flaumweicher Stille und lilienreiner Friedsamkeit. Und wären die flimmernden Sterne herniedergesunken, um als Heilige in goldenen Meßgewändern durch die Straßen zu wandeln – niemand hätte sich gewundert.

Es war ein Abend, wie geschaffen für Wunder und Mirakel. Aber keiner sah die begnadete Schönheit des alten Städtchens unter dem mondbeschienenen Schnee.

Die Menschen schliefen.

Nur der Dichter Remoldus Keersmaeckers, der in allem das Schöne sah und darum lange Haare trug, saß noch bei Kerzenschein und Pfeifenrauch und reimte ein Gedicht auf die Götter des Olymp und die Herrlichkeit des griechischen Himmels, die er so innig auf Holzschnitten bewundert hatte.

Der Nachtwächter Dries Andijvel, der auf dem Turm die Wache hielt, huschte alle Viertelstunde hinaus, blies eilig drei Töne in die vier Windrichtungen, kroch dann zurück in die warme, holzgetäfelte Kammer zum bullernden Kanonenöfchen und las weiter in seinem Liederbüchlein: »Der flämische Barde, hundert Lieder für fünf Groschen.« War eins dabei, von dem er die Weise kannte, dann kratzte er die auf einer alten Geige und sang das Lied durch seinen weißen Bart, daß es bis hoch ins rabenschwarze Gerüst des Turmes schallte. Ein kühles Gläschen Bier schmierte ihm jedesmal zur Belohnung die Kehle.

Trinchen Mutser aus dem »Verzuckerten Nasenflügel« saß in der Küche und sah traurig durch das Kreuzfensterchen in ihren Laden.

Ihr Herz war in einen Dornbusch gefallen. Trinchen Mutsers Herz war ganz durchstochen und durchbohrt, nicht weil all ihr Zuckerzeug heute am Sankt-Nikolausabend ausverkauft war – ach nein! weil das große

Schokoladenschiff stehengeblieben war. Einen halben Meter war es hoch und so lang wie von hier bis dort! Wie wunderschön stand es da hinter den flaschengrünen Scheiben ihres Lädchens, lustig mit Silberpapier beklebt, verziert mit rosa Zuckerrosetten, mit Leiterchen aus weißem Zucker und mit Rauch in den Schornsteinen. Der Rauch war weiße Watte. Das ganze Stück kostete so viel wie all die kleinen Leckereien, die Pfefferkuchenhähne mit einem Federchen am Hintern, die Knusperchen, die Schaumflocken, die Zuckerbohnen und die Schokoladenplätzchen zusammen. Und wenn das

Stück, das Schiff aus Schokolade, das sich in rosa Zukkerbuchstaben als die »Kongo« auswies, nicht verkauft wurde, dann lag ihr ganzer Verdienst im Wasser, und sie verlor noch Geld obendrein.

Warum hat sie das auch kaufen müssen? Wo hat sie nur ihre Gedanken gehabt! So ein kostbares Stück für ihren bescheidenen kleinen Laden!

Wohl waren alle gekommen, um es sich anzusehen, Mütter und Kinder, sie hatte dadurch verkauft wie noch nie. Aber kein Mensch fragte nach dem Preis, und so blieb es stehen und rauchte immer noch seine weiße Watte, stumm wie ein toter Fisch.

Als Frau Doktor Vaes gekommen war, um Varenbergsche Hustenbonbons zu holen, da hatte Trinchen gesagt: »Sehen Sie nur mal, Frau Doktor Vaes, was für ein schönes Schiff! Wenn ich Sie wäre, dann würde ich Ihren Kindern nichts anderes zum Sankt Nikolaus schenken als dieses Schiff. Sie werden selig sein, wie im Himmel.«

»Ach«, sagte Frau Vaes abwehrend, »Sankt Nikolaus ist ein armer Mann. Die Kinder werden schon viel zu sehr verwöhnt, und außerdem gehen die Geschäfte von dem Herrn Doktor viel zu schlecht. Wissen Sie wohl, Trinchen, daß es in diesem Winter fast keine Kranken gibt? Wenn das nicht besser wird, weiß ich gar nicht, was wir anfangen sollen.« Und sie kaufte zwei Pfefferkuchenhähne auf einem Stäbchen und ließ sich tagelang nicht mehr sehen.

Und heute war Nikolausabend; aller Kleinkram war verkauft, nur die »Kongo« stand noch da in ihrer braunen Kongofarbe und rauchte einsam und verlassen ihre weiße Watte. Zwanzig Franken Verlust! Der ganze Horizont war schwarz wie die Kongo selber. Vielleicht könnte man sie stückweise verkaufen oder verlosen? Ach nein, das brachte noch nicht fünf Franken ein, und sie konnte das Ding doch nicht auf die Kommode stellen neben die anderen Nippsachen.

Ihr Herz war in einen Dornbusch gefallen. Sie zündete eine Kerze an für den heiligen Antonius und eine für Sankt Nikolaus und betete einen Rosenkranz, auf daß der Himmel sich des Schiffes annehmen möge und Gnade tauen. Sie wartete und wartete. Die Stille wanderte auf und ab.

Um zehn Uhr machte sie die Fensterläden zu und konnte in ihrem Bett vor Kummer nicht schlafen.

Und es gab noch ein viertes Wesen in dem verschneiten Städtchen, das nicht schlief. Das war ein kleines Kind, Cäcilie; es hatte ein seidig blondes Lockenköpfchen und war so arm, daß es sich nie mit Seife waschen konnte, und ein Hemdchen trug es, das nur noch einen Ärmel hatte und am Saum ausgefranst war wie Eiszapfen an der Dachrinne.

Die kleine Cäcilie saß, während ihre Eltern oben schliefen, unter dem Kamin und wartete, bis Sankt Nikolaus das Schokoladenschiff von Trinchen Mutser durch den Schornstein herunterwerfen würde. Sie wußte, es würde ihr gebracht werden; sie hatte es jede Nacht geträumt, und nun saß sie da und wartete voller Zuversicht und Geduld darauf; und weil sie fürchtete, das Schiff könne beim Fallen kaputtgehen, hatte sie sich ihr Kopfkissen auf den Arm gelegt, damit es weich wie eine Feder darauf niedersinken könnte.

Und während nun die vier wachenden Menschen im Städtchen: der Dichter, der Turmwächter, Trinchen Mutser und Cäcilie, ein jedes mit seiner Freude, seinem Kummer oder seiner Sehnsucht beschäftigt, nichts sa-

hen von der Nacht, die war wie ein Palast, öffnete sich der Mond wie ein runder Ofen mit silberner runder Tür, und es stürzte aus der Mondhöhle eine solche strahlende Klarheit hernieder, daß sie sich auch mit goldener Feder nicht beschreiben ließe.

Einen Augenblick lang fiel das echte Licht aus dem wirklichen Himmel auf die Erde. Das geschah, um Sankt Nikolaus auf seinem weißen, schwer beladenen Eselchen und den schwarzen Knecht Ruprecht durchzulassen.

Aber wie kamen sie nun auf die Erde? Ganz einfach. Das Eselchen stellte sich auf einen Mondstrahl, stemmte die Beine steif und glitschte nur so hinunter, wie auf einer schrägen Eisbahn. Und der schlaue Knecht Ruprecht faßte den Schwanz vom Eselchen und ließ sich ganz behaglich mitziehen, auf den Fersen hokkend. So kamen sie ins Städtchen, mitten auf den beschneiten Großen Markt.

In Körben, die zu beiden Seiten des Eselchens hingen, dufteten die bunten Leckereien, die Knecht Ruprecht unter der Aufsicht von Sankt Nikolaus in der Konditorei des Himmels gebacken hatte. Und als man sah, daß es nicht reichte und der Zucker zu Ende ging, da hatte Knecht Ruprecht sich in Zivil geworfen, um unerkannt in den Läden, auch bei Trinchen Mutser, Süßigkeiten zu kaufen, von dem Geld aus den Sankt Nikolausopferstöcken, die er alle Jahre einmal in den Kirchen ausleeren durfte. Mit all den Leckereien war er an einem Mondstrahl in den schönen Himmel hinaufgeklettert, und nun mußte das alles verteilt werden an die kleinen Freunde von Sankt Nikolaus.

Sankt Nikolaus ritt durch die Straßen, und bei jedem Haus, in dem ein Kind wohnte, gab er je nach der Artigkeit des Kindes dem Knecht Ruprecht Leckereien, welche dieser, mit Katzengeschmeidigkeit an Regenkandeln und Dachrinnen entlang kletternd und über die Ziegel krabbelnd, zum Schornstein brachte; da ließ er sie dann vorsichtig hinunterfallen durch das kalte zugige Kaminloch, gerade auf einen Teller oder in einen Holzschuh hinein, ohne die zerbrechlichen Köstlichkeiten auch nur etwas zu bestoßen oder zu schrammen.

Knecht Ruprecht verstand sich auf seine Sache, und Sankt Nikolaus liebte ihn wie seinen Augapfel.

So bearbeiteten sie das ganze Städtchen, warfen herab, wo zu werfen war, sogar hier und da eine harte Rute für rechte Taugenichtse.

»Da wären wir bis zum nächsten Jahr wieder mal fertig«, sagte der Knecht Ruprecht, als er die leeren Körbe sah. Er steckte sich ein Pfeifchen an und stieß einen erleichterten Seufzer aus, weil die Arbeit nun getan war.

»Was?« fragte Sankt Nikolaus beunruhigt, »ist nichts mehr drin? Und die kleine Cäcilie? die brave kleine Cäcilie? schscht!«

Sankt Nikolaus sah auf einmal, daß sie vor Cäciliens Haus standen, und legte mahnend den Finger auf den Mund. Doch das Kind hatte die warme, brummende Stimme gehört wie Hummelgesumm, machte große Augen unter dem goldenen Lockenkopf, glitt ans Fenster, schob das Gardinchen weg und sah Sankt Nikolaus, den wirklichen Sankt Nikolaus.

Das Kind stand mit offenem Munde staunend da. Und während es sich gar nicht fassen konnte über den goldenen Bischofsmantel, der funkelte von bunten Edelsteinen wie ein Garten, über die Pracht der Mitra, worauf ein diamantenes Kreuz Licht in die Nacht hineinschnitt wie mit Messern, über den Reichtum der Ornamente am Krummstab, wo ein silberner Pelikan das Rubinenblut pickte für seine Jungen, während sie die feine Spitze besah, die über den purpurnen Mantel schleierte, während sie Gefallen fand an dem guten weißen Eselchen, und während sie lachen mußte über die Grimassen von dem drolligen schwarzen Knecht, der die weißen Augen herumrollte, als ob sie lose wie Taubeneier in seinem Kopf lägen, während alledem hörte sie die zwei Männer also miteinander reden:

»Ist gar nichts mehr in den Körben, lieber Ruprecht?«

»Nein, heiliger Herr, so wenig wie in meinem Geldsäckel.«

»Sieh doch noch einmal nach, Ruprecht.«

»Ja, heiliger Herr, und wenn ich die Körbe auch ausquetsche, so kommt doch nicht soviel heraus wie eine Stecknadel.«

Sankt Nikolaus strich kummervoll über seinen schneeweißen Lockenbart und zwinkerte mit seinen honiggelben Augen.

»Ach«, sagte der schwarze Knecht, »da ist doch nichts mehr zu machen, heiliger Herr. Schreib der kleinen Cäcilie, daß sie im kommenden Jahr doppelt und dreimal so viel kriegen soll.«

»Niemals! Ruprecht! Ich, der ich im Himmel wohnen darf, weil ich drei Kinder, die schon zerschnitten und eingepökelt waren, wieder zum Leben gebracht und ihrer Mutter zurückgegeben habe, ich sollte nun diese kleine Cäcilie, das bravste Kind der ganzen Welt, leer ausgehen lassen und ihm eine schlechte Meinung von mir beibringen? Nie, Ruprecht! Nie!«

Knecht Ruprecht rauchte heftig, das brachte auf gute Gedanken, und sagte plötzlich: »Aber heiliger Herr, nun hört mal zu! Wir haben keine Zeit mehr, um noch einmal zum Himmel zurückzugehen, Ihr wißt, für Sankt Peter ist der Himmel kein Taubenschlag. Und außerdem, der Backofen ist kalt und der Zucker zu

Ende. Und hier in der Stadt schläft alles, und es ist Euch sowohl wie mir verboten, Menschen zu wecken, und zudem sind auch alle Läden ausverkauft.«

Sankt Nikolaus strich nachdenklich über seine von vier Falten durchzogene Stirn, neben der schon Löckchen glänzten, denn sein Bart begann dicht unter dem Rande seines schönen Hutes.

Ich brauche euch nicht zu erzählen, wie Cäcilie langsam immer bekümmerter wurde von all den Worten. Das reiche Schiff sollte nicht bei ihr stranden! Und auf einmal schoß es leuchtend durch ihr Köpfchen. Sie machte die Tür auf und stand in ihrem zerschlissenen Hemdchen auf der Schwelle. Sankt Nikolaus und Knecht Ruprecht fuhren zusammen wie die Kaninchen. Doch Cäcilie schlug ehrerbietig ein Kreuz, stapfte mit ihren bloßen Füßchen in den Schnee und ging zu dem heiligen Kinderfreund. »Guten Tag, lieber Sankt Nikolaus«, stammelte das Kind. »Alles ist noch nicht ausverkauft... bei Trinchen Mutser steht noch ein großes Schokoladenschiff vom Kongo... wie sie die Läden vorgehängt hat, stand es noch da. Ich hab es gesehn!«

Von seinem Schreck sich erholend, rief Sankt Nikolaus erfreut: »Siehst du wohl, es ist noch nicht alles ausverkauft! Auf zu Trinchen Mutser! Zu Trinchen... aber ach!« ...und seine Stimme zitterte verzweifelt, »wir dürfen niemand wecken.«

»Ich auch nicht, Sankt Nikolaus?« fragte das Kind.

»Bravo!« rief der Heilige, »wir sind gerettet, kommt!«

Und sie gingen mitten auf der Straße, die kleine Cäcilie mit ihren bloßen Füßen voran, gerade nach der Eierwaffelstraße, wo Trinchen Mutser wohnte. In der Süßrahmbutterstraße wurde ihr Blick auf ein erleuchtetes Fenster gelenkt. Auf dem heruntergelassenen Vorhang sahen sie den Schatten von einem dürren, langhaarigen Menschen, der mit einem Büchlein und einer Pfeife in der Hand große Gebärden machte, und sein Mund ging dabei auf und zu. »Ein Dichter«, sagte Sankt Nikolaus und lächelte.

Sie kamen vor Trinchen Mutsers Haus. Im Mondlicht konnten sie gut das Aushängeschild erkennen: »Zum verzuckerten Nasenflügel«.

»Weck sie rasch auf«, sagte Sankt Nikolaus. Und das Kindchen lehnte sich mit dem Rücken an die Tür und klopfte mit der Ferse gegen das Holz. Aber das klang leise wie ein Samthämmerchen. »Stärker«, sagte der schwarze Knecht. »Wenn ich noch stärker klopfe, wird's noch weniger gehen, denn mein Fuß tut mir weh«, sagte das Kind. »Mit den Fäusten«, sagte Knecht Ruprecht. Doch die Fäustchen waren noch leiser als die Fersen.

»Wart, ich werde meinen Schuh ausziehen, dann kannst du damit klopfen«, sagte Knecht Ruprecht.

»Nein«, gebot Sankt Nikolaus, »kein Drehn und Deuteln! Gott ist heller um uns als dieser Mondschein und duldet keine Advokatenkniffe.« Und doch hätte der gute Mann sich gern einen Finger abgebissen, um Cäcilie befriedigen zu können.

»Ach! Aber den Kerl mit den Affenhaaren auf dem Vorhang!« rief Knecht Ruprecht erfreut, »den darf ich rufen, der schläft nicht!«

»Der Dichter! der Dichter!« lachte Sankt Nikolaus.

Und nun gingen sie alle drei schnell zu dem Dichter Remoldus Keersmaeckers.

Und kurzerhand machte Knecht Ruprecht kleine Schneebälle, die er ans Fenster warf. Der Schatten stand still, das Fenster ging auf, und das lange Gestell des Dichters, der Verse von den Göttern und Göttinen des Olymps hersagte, wurde im Mondschein sichtbar und fragte von oben: »Welche Muse kommt, um mir Heldengesänge zu diktieren?«

»Du sollst Trinchen Mutser für uns wecken«, rief Sankt Nikolaus, und er erzählte seine Not.

»Ja, bist du denn der wirkliche Sankt Nikolaus?« fragte Remoldus.

»Der bin ich!« Und darauf kam der Dichter erfreut herunter, jätete allen Dialekt aus seiner Sprache, machte Verbeugungen und redete von Dante, Beatrice, Bondel, Milton und anderen Dichtergestalten, die er im Himmel glaubte. Dann stand er ihnen zu Diensten.

Sie kamen zu Trinchen Mutser, und der Dichter stampfte und rammelte mit so viel Temperament an der Tür, daß das Frauenzimmer holterdiepolter aus dem Bett stürmte und erschrocken das Fenster öffnete.

»Geht die Welt unter?«

»Wir kommen wegen dem großen Schokoladenschiff«, sagte Sankt Nikolaus, weiter konnte er ihr nichts erklären, denn sie war schon weg und kam wieder in ihrer lächerlichen Nachtkleidung, mit einem bloßen Fuß und einem Strumpf in der Hand, und machte die Türe auf. Sie steckte die Lampe an und ging sofort hinter den Ladentisch, um zu bedienen. Sie dachte, es müsse der Bischof von Mecheln sein.

»Herr Bischof«, sagte sie stotternd, »hier ist das Schiff aus bester Schokolade, und es kostet fünfundzwanzig Franken.« Der Preis war nur zwanzig Franken, aber ein Bischof kann ja gern fünf Franken mehr bezahlen.

Aber nun platzte die Bombe! Geld! Sankt Nikolaus hatte kein Geld, das hat man im Himmel nun einmal nicht nötig. Knecht Ruprecht hatte auch kein Geld, das Kind hatte nur ein zerschlissenes Hemdchen an, und der Dichter kaute an seinem langen Haupt- und Barthaar vor Hunger – er war vier Wochen Miete schuldig.

Niedergeschlagen sahen sie einander an.

»Es ist Gott zuliebe«, sagte Sankt Nikolaus. Gerne hätte er seine Mitra gegeben, aber alles das war ihm vom Himmel geliehen, und es wäre Heiligenschändung gewesen, es wegzugeben.

Trinchen Mutser rührte sich nicht und betrachtete sie finster.

»Tu es dem Himmel zuliebe«, sagte Knecht Ruprecht.

»Nächstes Jahr will ich auch deinen ganzen Laden aufkaufen.«

»Tu es aus lauter Poesie«, sagte der Dichter theatralisch.

Aber Trinchen rührte sich nicht, sie fing an zu glauben, weil sie kein Geld hatten, daß es verkleidete Diebe seien.

»Schert euch raus! Hilfe! Hilfe!« schrie sie auf einmal. »Schert euch raus! Heiliger Antonius und Sankt Nikolaus, steht mir bei!«

»Aber ich bin doch selbst Sankt Nikolaus«, sagte der Heilige.

»So siehst du aus! Du hast nicht mal einen roten Heller aufzuweisen!«

»Ach, das Geld, das alle Bruderliebe vergiftet!« seufzte Sankt Nikolaus.

»Das Geld, das die edle Poesie verpfuscht!« seufzte der Dichter Keersmaeckers.

»Und die armen Leute arm macht«, schoß es der kleinen Cäcilie durch den Kopf.

»Und ein Schornsteinfegerherz doch nicht weiß klopfen machen kann«, lachte Knecht Ruprecht. Und sie gingen hinaus.

In der Mondnacht, die still war von Frostesklarheit und Schnee, tönte das »Schlafet ruhig« hart und hell vom Turm.

»Noch einer, der nicht schläft«, rief Sankt Nikolaus erfreut, und sogleich steckte Knecht Ruprecht auch schon den Fuß zwischen die Tür, die Trinchen wütend zuschlagen wollte.

»Haltet ihr mir die Frau wach«, sagte der schwarze Knecht, »ich komme sofort zurück!« Und damit stieß er die Tür wieder auf, und zwar so heftig, daß Trinchen sich plötzlich in einem Korb voll Zwiebeln wiederfand.

Und während die andern aufs neue hineingingen, sprang Knecht Ruprecht auf das Eselchen, sauste wie ein Sensenstrich durch die Straßen, hielt vor dem Turm, kletterte an Zinnen, Vorsprüngen und Zieraten, Schiefern und Heiligenbildern den Turm hinauf bis zu Dries Andijvel, der gerade »Es wollt ein Jäger früh aufstehn« auf seiner Geige kratzte.

Der Mann ließ Geige und Lied fallen, aber Knecht Ruprecht erzählte ihm alles.

»Erst sehen und dann glauben!« sagte Dries. Knecht Ruprecht kriegte ihn am Ende doch noch mit hinunter, und zu zweit rasten sie auf dem Eselchen durch die Straßen nach dem »verzuckerten Nasenflügel«.

Sankt Nikolaus fiel vor dem Nachtwächter auf die Kniee und flehte ihn an, doch die fünfundzwanzig Franken zu bezahlen, dann solle ihm auch alles Glück der Welt werden.

Der Mann war gerührt und sagte zu dem ungläubigen, hartherzigen Trinchen: »Ich weiß nicht, ob er lügt, aber so sieht Sankt Nikolaus doch aus in den Bilderbüchern von unsern Kindern und im Kirchenfenster über dem Taufstein. Und wenn ers nun wirklich ist! Gib ihm doch das Schiff! Morgen werde ich dirs bezahlen!...«

Trinchen hatte großes Vertrauen zu dem Nachtwächter, der aus ihrer Nachbarschaft war. Und Sankt Nikolaus bekam das Schiff.

»Jetzt geh nur schnell nach Hause und leg dich schlafen«, sagte Sankt Nikolaus zu Cäcilie. »Wir bringen gleich das Schiff.«

Das Kind ging nach Hause, aber es schlief nicht, es saß am Kamin mit dem Kissen auf den Ärmchen und wartete auf das Niedersinken des Schiffes.

Der Mond sah gerade in das armselig-traurige Kämmerchen.

Ach, was sah Cäcilie da auf einmal!

Dort auf einem glitzernden Mondstrahl kletterte das Eselchen in die Höhe mit Sankt Nikolaus auf seinem Rücken, und Knecht Ruprecht hielt sich am Schwanz fest und ließ sich mitschleifen. Der Mond öffnete sich; ein sanftes, großes Licht fiel in funkelnden Regenbogenfarben über die beschneite Welt. Sankt Nikolaus grüßte die Erde, trat hinein, und wieder war da das gewöhnliche grüne Mondenlicht.

Die kleine Cäcilie wollte weinen. Knecht Ruprecht oder der gute Heilige hatten das Schiff nicht gebracht, es lag nicht auf dem Kissen.

Aber siehe! was für ein Glück, das Schiff, die »Kongo« stand ja da, in der kalten Asche, ohne Delle, ohne Bruch, strahlend von Silber, und rauchte für mindestens zwei Groschen weiße Watte aus beiden Schornsteinen! Wie war das möglich? Wie konnte das so in aller Stille geschehen…?

Ja, das weiß nun niemand, das ist die Findigkeit und die große Geschicklichkeit vom Knecht Ruprecht, und die gibt er niemand preis.

Zum königlichen Fladen

Am Sonnabend vor der Sankt-Gommarus-Kirmes strahlte die Sonne golden wie eine überlaufende Champagnerschale über den roten Ziegeldächern der kleinen Stadt, die zusammengetröpfelt dalag, in ihrem Reifen von hohen Wällen, überdomt von sechs Reihen Ulmen.

Der Oktober hatte die Bäume gelb gestreichelt, und mit der leuchtend-blonden Sonne darin und darüber waren sie ein Säulengang von sonneschlürfendem Gold.

Die trägen weißen Wolken dort oben sahen das städtische Getreibe wie einen goldenen Ring, der einen kirschroten Rubin umschloß.

Das Glockenspiel, dem niemand zuhörte, sprühte Springbrunnen von Tönen aus dem hohen, beflaggten Turm, und die große Glocke ließ ihn mit ihrem Gebrumm erzittern.

In allen Häusern waren die Menschen in Aufregung, und im Schweiße ihres Angesichts kochten sie und bereiteten alles vor für den folgenden Tag. Die frischgewaschenen Gardinen wurden vorsichtig mit einem rosa Band in ihre früheren Falten gehängt und die Messingklinken geputzt, daß sie blinkten wie Sterne. Nichts als Fensterputzen, Eimerklirren, Straßenfegen und sich bückende, scheuernde Frauen!

Am Morgen waren sie auf dem Markt gewesen, hatten Tauben, Kaninchen und Hühner gekauft, und Eier, Gemüse und Obst, und echte Blumen und Papierblumen; bei den Fleischern standen die Leute schlangenweise.

Die Verwandten vom Lande sollten kommen, um sich einmal ordentlich den Bauch zu füllen. Überall hing der Duft von Reisbrei mit Safran und gewaltiger Suppe mit verlockenden Fettaugen.

Der kleine Musikant Block sah seine Geige nach, die immer Migräne hatte, um morgen in den Wirtshäusern die »Schöne Jagdgöttin« darauf zu spielen; der »Sturm von Kessel« hatte seine blaue Kräppel- und Warme-Würstelbude am Gitter des Rathauses aufgebaut, der »eiserne Ludwig« sein Karussell mit den Pferden ohne Beine auf dem Einsiedelplatz; und bei der Straßenjugend ging die Sage, daß To Callee wieder die guten Knallfrösche hereingekriegt hatte, die in sieben Absätzen, krachend und zischend, vom Gefangenentor bis ans »Gelobte Land« springen.

In der Kirche wie im Wirtshaus, in dem goldenen Haus des Herrn De Pijpelaar mit seinem unerschöpflichen Reichtum, wie bei den Bettlern und Krüppeln, die im Storchhalsgäßchen ihr Elend zusammendrängen, ging es hoch her, um alles für das Fest von Sankt Gommarus in Ordnung zu bringen.

Sooke van der Musschen, der Bäcker mit dem Ballen über dem rechten Auge, war mit zwei Gesellen in der heißen Backstube beim Backen der Königlichen Fladen, die seine Spezialität waren, und die er morgen zu Tausenden an die Wallfahrer und die Festteilnehmer verkaufen wollte.

Es wurden ja so viele Leute erwartet wie zum Jüngsten Gericht, denn der Bischof von Mecheln sollte in der Prozession mitgehen, und die Benediktiner aus Löwen sollten die Liturgie singen. Und das Wetter würde wie Speck sein. Denn der Jauchebauer aus Donck, der sich auf das Wetter verstand, wenn er den Zeigefinger mit Speichel befeuchtete, war vor zwei Tagen dagewesen, um sich die Jauche im Örtchen des Bäckers anzusehen; sie hatte ihm gefallen, er wollte sie nächste Woche abholen und drei Franken für den Faßwagen zahlen. Er hatte Sooke versichert, das prächtige Wetter würde noch vierzehn Tage anhalten.

Darum backte Sooke nun mit seinen Gesellen drauflos, daß die Muskeln krachten wie Zigarrenkisten.

Ein Königlicher Fladen besteht aus einem Teigtellerchen, so groß wie ein Tintenfaß, dahinein wird eine Füllung aus Sirup, Mehl und Zucker gegossen, dann die Küchlein leicht im Ofen gebacken, bis sie einen braunen Rand bekommen und die harte Füllung platzt, lecker anzuschauen! Delikat sind die Fladen, wenn sie noch frisch und knusprig sind, denn nach einer Woche werden sie hart und trocken und bleiben im Halse stekken wie ein Wattepfropfen.

Alle Fremden, die zufällig in die kleine Stadt kommen, kaufen bei Sooke van der Musschen so ein Paket von zwölf Fladen zum Preise von fünf Groschen.

Andere Bäcker haben sie nachmachen wollen, aber ach du lieber Gott! es ist ihnen nie geglückt, das richtige Aroma und den herrlichen vollen Geschmack herauszukriegen. Ihre Fladen blieben liegen, verschrumpelt und vertrocknet zu einer Art von Beton, den man nicht einmal mit dem Hammer kaputtschlagen konnte.

Sooke van der Musschens Fladen dagegen waren berühmt, und er nannte sie »königlich«, weil der König mit eigenem Munde davon gegessen hatte.

Durch diese Tatsache war denn auch sein Name befestigt, gemeißelt und auf Fels gegründet und konnte durch keinen noch so großen Sturm des Neides mehr in Stücke gehen.

Das war damals geschehen, als König Leopold mit dem weißen Bart im Städtchen war, um eine Ausstellung für Handel und Gewerbe zu besuchen.

Alle ausgestellten Waren standen in Glaskästen. Und eine Stunde, bevor der König kam, wurden alle Kästen zugemacht mit Schloß und Riegel, denn der Vorstand hatte beschlossen, um dem Landesherrn die Sache nicht zu mühselig zu machen, daß kein einziger Aussteller dem König etwas anbieten dürfe. Jedermann schickte sich wohl oder übel darein, nur Sooke van der Musschen nicht. Er wollte, sollte und mußte den König seine Fladen probieren lassen. Es gab nur *einen* König und nur *eine* Fladenbäckerei. Er fluchte und sackermenterte und drohte Scheiben einzuschlagen. Er tanzte in seinem schwarzen Anzug herum, mit der baumelnden goldenen Uhrkette über der gelben Weste, und der Ballen über dem Auge glänzte wie ein Porzellanei.

Nun war der König im anderen Saal bei den Spitzen und den Blasinstrumenten. Gleich mußte er kommen! Die Aussteller standen blaß und steif mit vor Aufregung klopfenden Herzen herum, und einige mußten beständig verschwinden.

»Nun«, drohte Sooke, »wollt Ihr nun meinen Kasten aufschließen oder nicht? Ja oder nein?«

»Nein«, beschloß der strenge Herr vom Komitee,

der nicht wußte, wohin mit seinem Zylinderhut, er wußte nicht, ob er ihn aufsetzen oder in der Hand behalten sollte, das hatte er vergessen zu fragen.

Pardauz dann! ein Ellenbogenstoß, und das Glas ging in Scherben.

Und da war auch schon der König in seinem weißen Bart, wie in einer Frühlingswolke, wie ein Wotan, der gerade vom Friseur kam. Sooke holte ein kleines Nikkeltellerchen aus der Brusttasche, legte einen Fladen aus dem Kasten darauf und bot ihn dem König an.

»Versuchen Sie das einmal, Sire, Herr König, Eure Majestät, wie lecker das ist! Das ist meine Spezialität!«

Ganz ruhig nahm der König und aß von dem Fladen, zum Entsetzen des hilflosen Vorstandes, des schwitzenden Bürgermeisters und zum Neide der anderen Aussteller, die ihre Kästen nicht einzustoßen wagten.

»Ja, das schmeckt gut!« sagte der König.

Und als ein guter König, voll Interesse für den Gang von Handel und Gewerbe in seinem Lande, fragte der König gewichtig aus seinem Bart heraus, und seine Worten wurden aufgeschrieben: »Und wie wird das gemacht?«

»Ja, Herr König, Sire, Eure Majestät, das kann ich nicht verraten, das ist mein Geschäftsgeheimnis.«

Jedermann wurde zinnoberrot vor Angst und Scham, aber der König sagte lächelnd: »Seien Sie unbesorgt, ich werde Ihnen keine Konkurrenz machen!«

Damit gab der König den halben Fladen zurück und ging weiter…

Zwei Tage später mußte Maler Nöteken das Aushängeschild abändern. Wo vorher nur ein Bauer und eine Bäuerin einen Fladen vom Stapel nahmen, da kamen nun dazu eine Art König, eine Krone und die Worte: »Zum Königlichen Fladen« und »Du darfst es nicht vergessen, der König selbst hat es gegessen!«

Er war dadurch berühmt geworden bis nach Friesland hinein; noch zwei Jahre Fladendreherei, dann konnte er sein Fachwerkhaus auf einmal abzahlen an jenen grünen Geizkragen, den Spitzenhändler Hechtefett.

Und für diese Kirmes mußten viertausend Fladen aus ein wenig Teig und Sirup geschaffen werden!

Die Männer sangen in der Backstube, die Fladen stapelten sich auf, und die hagere Frau, die Kinder und der Schatz der ältesten Tochter drehten jedesmal zwölf Fladen in Rollen aus weißem Papier mit einer Krone drauf.

Um ein Uhr nachts war der Laden weiß von Rollen und duftete von zweitausend aufeinandergedrückten Fladenzwillingen.

Und obgleich der Jauchebauer aus Donck für das

Honigwetter morgen einstand, war Sooke doch nicht ganz beruhigt, und bevor man schlafen ging, zündete er noch eine Kerze für zwei Groschen vor dem heiligen Antonius an, und jeder mußte noch ein Ave-Maria beten, daß es morgen nicht regnen möchte.

Es wurde Nacht. Aber als Sooke um sechs Uhr wach wurde und aufstand, um in die kurze Messe zu den Bettelmönchen zu gehen, fiel ihm das Herz wie ein Amboß in die Hosen.

Der Regen trommelte triumphierend an die Scheiben.

Im Hemd lief Sooke ans Fenster, immer noch hoffend, daß er träume.

Er zog die Kattunvorhänge beiseite, und in dem seifenwasserartigen Licht sah er alles naß, klatschnaß, rauschend von einem weichen, schnalzenden Blasenregen, der mit Kübeln herunterstürzte.

Die Wolken öffneten ihren dunklen Bauch und ließen fallen, was nur fallen wollte, träge und unbarmherzig freigebig. Es gluckste, es spritzte, es spuckte und spülte voller Wollust. Es war, als hätte man die Erdkugel auf den Kopf gestellt, und alles Wasser aus den Flüssen stürze aus ihrem Bett.

Die Dächer glänzten wie geölt, dann wieder verschleierten sie sich unter dem heftigen Wassergedresch. Die Regenkandel neben dem Fenster brummte und lachte von all dem Wasser, das sie nicht schlucken konnte, und es klatschte und platschte über die Dachrinnen wie gläserne Gardinen. Und es machte da unten einen Lärm wie das Klatschen auf tausend nackte Schenkel.

Sooke zitterte auf seinen behaarten Beinen. Er sagte Stoßgebete und Flüche durcheinander. Aber in der Hoffnung, es möge nur ein rasch vorüberziehender Schauer sein, und anderswo regne es nicht, fuhr er rasch in die Kleider und lief in die Messe, wo er in seinem Gebetbuch neunmal hintereinander die Litanei des heiligen Donatus las, des Patrons vom guten Wetter.

Als er wieder herauskam, war er, ehe er seinen Schirm aufmmachen konnte, triefend und glänzend wie ein Seehund.

Auf dem Heimweg hörte er die dahineilenden Menschen klagen, daß es ein Regen sei für den ganzen Tag und daß die Kirmes tatsächlich ins Wasser gefallen wäre und die Prozession dazu.

Wären seine Augen Messer gewesen, die Menschen hätten tot umfallen müssen.

Zu Hause fand er ängstliche Gesichter. Er war kurz angebunden und barsch. Hastig trank er seinen Kaffee aus. Draußen jauchzte der Regen. Sooke schwieg, und das erregte Angst und Schrecken wie ein Donnerschlag. Die Frau bekam Tränen in die Augen, und die Kinder waren still wie die Wiesel. Aber eins von den Kindern ließ eine Gabel fallen. Und nun wars, als ob Sooke auf einmal eine Maus ins Hosenbein gekrabbelt wäre. Er sprang auf, bumste mit der Faust auf den Tisch und schrie, der Kaffee, den er längst getrunken hatte, sei viel zu heiß, und seiner Frau, der nun blitzende Tränen über die hageren Backen liefen, rief er zu: »Nun fängst du auch noch zu flennen an! Es genügt wohl noch nicht, daß es regnet, oder meinst du, daß es vom Heulen aufhören wird? Und wie das Balg da grinst! Das braucht jetzt gerad noch zu grinsen!«

»Ach«, flehte die Frau, »das Kind kann doch nichts dafür, daß es regnet.«

»Was!« fluchte er, »du meinst also, daß es meine Schuld ist?« Und der Kaffeekessel taumelte vom Ofen, dann warf er mit der Gabel nach einer kleinen Matrosenfigur aus englischem Porzellan auf dem Kamin. Der kleine Matrose wackelte böse hin und her, weil er seine ausgestreckte Hand verlor, dann aber stand er wieder still und fest, als wollte er sagen: nun gerade nicht.

Die Mutter heulte, und die Kinder heulten in ihre Röcke, während Sooke sich purpurrot fluchte.

Auf einmal sah er, daß es acht Uhr war, der Zug aus Antwerpen konnte da sein. Er rannte an die Haustür, und richtig, der Zug war angekommen, aber wo sonst die Straße schwarz übergossen war von Menschen, kamen nun in dem latschigen Sankt-Medardus-Regen nur einige Herren daher, zwei Bäuerinnen mit den Röcken über den Spitzenhäubchen und der alte Zwerg Renders, der jedes Jahr zur Kirmes kam und immer seinem Bruder, dem Barbier, einen Strauß später Rosen mitbrachte.

Sooke platzte fast vor Wut und rief dem Männlein zu: »Hör mal, du Knirps, du hättest lieber im Bette weiterschnarchen sollen, als hier die Leute zu ärgern und Regen mitzubringen!«

Sofort guckten lachende Gesichter über die obere Türöffnung. Das lustige Zwerglein faßte die Nase zwischen Daumen und Zeigefinger, spuckte in einem kleinen Bogen aus, nickte und ging weiter.

Und Sooke wars, als ob er überall von Bienen gestochen würde, da er die wenigen Menschen sah und die viel zu vielen Fladen. Er lief mitten auf die klatschnasse Straße, ballte die Fäuste nach dem wasserspeienden Himmel hinauf und stieß laute Sätze durchspickt mit Flüchen heraus. »Das ist deine Schuld, was? Hab ich dafür so viel gebetet und Kerzen angezündet? Kannst du nicht vertragen, daß ein Mensch sein Brot verdient? Da liegen nun die schönen Fladen, die besten in der ganzen Stadt! Willst du sie vielleicht aufessen? Hörst du, willst du sie aufessen? Aber jetzt ist es aus, verstanden? Wenn noch eins von meinen Kindern je wagt, von einem Pastor zu sprechen, schlag ich ihm den Schädel ein!«

Die Nachbarn platzten vor Lachen. Und Sookes Frau und Kinder zogen ihn am Rock und an den Beinen, um ihn ins Haus zu bringen, aber er spie weiter Feuer nach dem gießenden Himmel hinauf, und nur mit Hilfe von einem nassen, säbelbewaffneten Polizisten konnte er ins Haus gezerrt werden.

Da weinte er schluchzend in seine haarigen Hände, sprang dann auf einmal wieder auf, packte die kleine Statue vom heiligen Antonius: »Jetzt sollst du ein Jahr lang kein Licht mehr sehen!« rief er der kleinen Gipsfigur zu und stopfte sie in den Schrank, hinter die Butter und das Brot.

Dann bullerte und tigerte er wieder auf die verängstigte Hausgenossenschaft los und verfluchte den Spitzenhändler Hechtefett, den er nun nicht abbezahlen konnte.

»Ich muß meinen Ärger ersäufen, oder ich werde

verrückt!« rief er auf einmal und rückte aus ins »Volle Faß«, wo er anfing, Schnaps zu trinken, einen nach dem anderen, bis man ihn am Mittag wie einen Mehlsack ins Bett tragen mußte.

Und es regnete weiter mit leckerem Rauschen. Es war eine Orgie von Regen, eine Symphonie von Regen, ein Spaß von Regen, ein Regen, an dem der Regen selbst Vergnügen hatte. Nun wars Bläschenregen, dann Bindfadenregen, dann wieder Geifer-, Staub- und Perlenregen, dann wieder Schleusenregen, gläserner Pfeifenstielregen, W.-C.-Regen. Es strömte, schmorte, raschelte, spülte, rauschte, spuckte und platterte; der Regen klatschte in die Hände.

Die Straßen blieben naß und glänzend und hatten keine Menschen zum Widerspiegeln. Die Prozession ging nicht nach draußen, sie zog nur durch die Kirche.

Der kleine Block spielte die »Schöne Jagdgöttin« in den Wirtshäusern vor leeren Stühlen, die Pferdchen im Karussel tröpfelten, als weinten sie, weil sie sich nicht drehen konnten, und sahen es früh dunkel werden. Sturm verkaufte noch keine zwei Meter warme Würstchen, und die Bläser von Sankt Cäcilia spielten auf dem Kiosk am Großen Markt für ein einziges altes Bäuerlein, das rauchend unter seinem Schirm zuhörte und alles sehr schön fand, während es auf die leere grüne Dampfbahn wartete mit ihrer ewigen, watteweißen Wolke.

Den ganzen langen Tag über verkaufte Sookes traurige Frau sechs Pakete Königliche Fladen... Und am Abend fiel der Regen schwarz wie Tinte...

Als eine Woche drauf der Jauchebauer aus Donck

abends mit Wagen und Laterne erschien, um die Jauche zu holen, schlug Sooke van der Musschen ihm die Tür vor der stoppelhaarigen Schnute zu, schimpfte ihn Betrüger und Lausbandit und rief ihm durchs Schlüsselloch zu, ein anderer sollte sein Örtchen ausleeren.

Und mit leeren Jauchefässern, die hohl durch die Straßen donnerten, fuhr der Bauer zurück nach Donck, unter einem Himmel voll triumphierender Sterne.

Erstkommunion

In aller Eile hatte eine dunkle Wolke die roten Dächer übersprengt, und nun, da die Sonne hinter dem purpurnen Liekewald verschwinden wollte, waren an jedem Zweige blaßgoldene Tropfen aufgereiht.

Es duftete überall nach Wasser und nach der Süße der ersten Veilchen, und der Himmel war wieder rein und blinkend, wie der Bauch eines silbernen Kessels, in dem sich blauer Sammet spiegelt.

Die Schwarzdrossel schmachtete und sog am klaren Strom ihres Liedes.

Arnold zeichnete gerade kleine Schiffe und Bäume, als die ersten Tropfen niederprasselten. Mit heruntergezogenen Brauen betrachtete er die Scheiben, die auf einmal wie Moiréseide aussahen vom Überfluß des Wassers.

»Ach, und morgen geht Lieschen zur ersten Kommunion!« rief er bekümmert, »und sie zieht ihre silbernen Schuhe an!«

Und obgleich er Angst hatte vor dem Speicher, wo Ratten und Gespenster hausen, lief er doch hinauf, um zu sehen, ob der Regen wohl lange anhalten würde.

Als er an der kleinen Marienfigur aus Porzellan vorbeikam, oben auf dem dunklen Gang, flehte er: »Liebe Mutter Gottes, laß den Regen aufhören, denn morgen geht Lieschen zur ersten Kommunion, und sie trägt ein weißes Kleid.«

Als er zum Taubenschlag herauslugte, sah er drüben,

hinter einem durchsonnten Vorhang von Regenfäden, neben dem Turm vom Beginenkloster, das reine Blau des Himmels. Das tat ihm gut, als ob in eine dunkle Kammer sanftes Lampenlicht gebracht würde.

»Morgen ist es trocken, und sie kann ihre silbernen Schuhe anziehen«, flüsterte er dankbar.

Als die Sonne wieder alles mit Licht und Glanz umhüllte, blieb er stehen und betrachtete neugierig den großen Fetzen weiten Landes, der sich vor ihm aufrollte, all die kleinen und großen Gärten, die roten Dächer und Türme, die Bäume auf dem Wall, das grüne Tuch des Feldes und die Hügel der Wälder. Wenn er das einmal in ein Bild brächte mit seinem Farbenkasten! Was ginge da nicht alles drauf!

Weihrauch webt sich um die Fernen, eine Säule von tanzenden Mücken wiegt sich über der tropfenden Dachrinne, und aus den Häusern, wo Erstkommunikanten sind – es sind vier, fast nebeneinander –, kommt ein guter Duft von leckeren Dingen.

Ein feierliches Gefühl zieht durch Arnolds Herz, als er hinter der blauen, schachtelförmigen Kaserne die große dünne Mondsichel sieht, wie einen silbernen Bogen. Es ist, als ob Lieschen selbst dort oben in Weiß und Silber am Himmel stände.

Sie rauscht von Weiße und trägt einen Kranz von Löwenzahn und Butterblumen, die Arnold für sie am Waldrand gepflückt hat.

»Wie wird sie schön sein«, denkt er träumerisch. Vorgestern hat er sie schon in Weiß gesehen, als die Schneiderin das Kleid anprobierte, aber da behielt Lieschen die schwarzen Strümpfe und Schuhe an; ihr goldenes Haar war nicht gelockt, sie trug keinen Kranz, und kein Schleier umschmeichelte ihr liebes Gesichtchen, und sie hatte kein elfenbeinernes Gebetbuch in den Händen. Wie die Mädchen bei der ersten Kommunion aussehen müssen, das hatte er gesehen in den Papierläden auf den Glückwunschkärtchen zum Ausziehen und in Konditoreien, wo Kommunikantenpüppchen auf den Torten prangten, und Lieschen selbst hatte ihm die Sache lang und breit auseinandergesetzt.

Und morgen wird sie die Kostbarkeiten anhaben; er kann sich alles so gut vorstellen, daß er sie aus dem Kopf zeichnen könnte.

Als einmal die beiden Mütter, die von Lieschen und die von Arnold, auf der Schwelle saßen und geräucherten Fisch verzehrten und ihre Kinder spielen sahen, da hatten sie im Scherz gesagt:

»Die werden sich noch einmal heiraten!«

Arnold hatte es gehört. Er hatte nichts dazu gesagt, aber es wie Gold in seinem Herzen verschlossen, wie die Erde die Saat im Frühling, und konnte stundenlang davon träumen.

»Wenn ich Lieschen heirate, muß sie jeden Tag einen Kranz und einen Schleier tragen«, sagt er fest entschlossen und verläßt eilig den dunklen Speicher.

Es ist Abend geworden, die Schaufenster der erleuchteten Läden zeigen Kuchen, Backpflaumen, Zigarren und Erstkommunikantenpuppen ohne Köpfe, aber mit hölzernen Händen und hölzernen Füßen. Mütter, die noch etwas vergessen haben für morgen, eine Schleife oder einen Kragen, sehen sich um, wo es am billigsten ist.

Der Friede des Sonnabends, wenn die Arbeit getan und fertig ist, glänzt auf frisch gewaschenen Gesichtern. Über den Häusern stehen die Sterne wie vergessen.

Lieschen hat mit einer Freundin ein Pfund Würfelzucker für den Reisbrei geholt.

Beim Schein einer runden grünen Apothekerslaterne, die da steht wie ein großer Smaragd, machen sie die Tüte auf und betrachten die weißen Klümpchen mit großen, verlangenden Augen. Sie hätten gern wie gewöhnlich einmal genascht, aber ohne etwas zu sagen machen sie artig das Päckchen wieder zu.

Als Lieschen nach Hause kommt, lehnt die Mutter in der oberen Türöffnung und sagt:

»Komm rasch herein, Kind, wir wollen dich heute mal gründlich schrubben!«

Die Freundin tänzelt weg.

Heute wird es, wie bei jedem Erstkommunikanten, das letzte Mal sein, daß Lieschens Mutter ihr Kind nakkend sieht.

Nächsten Sonnabend wird sie sich allein und versteckt auf ihrem Stübchen waschen müssen.

Da auf dem Tisch steht die Bütte mit klarem, kaltem Regenwasser, frisch vom Himmel gefallen, und während Lieschen sich auszieht und ihr schlanker, weißer Leib zum Vorschein kommt, gießt die stämmige Mutter den Inhalt des brausenden, kochenden Kessels in die Bütte, und nun dampft es in der Küche, als ob da ein Zug abgehen sollte.

Als die Mutter das Wasser mit ihren dicken Händen umgerührt hat, hebt sie Lieschen hoch und setzt sie in die Bütte. Während die Frau den Schwamm mit Seife einreibt, steht das Kind im Bad, ganz nackt, nur die Füßchen vom Wasser bedeckt.

Der Vater, der in einer Ecke, in einem Wust von Leder und alten Schuhen, Holzstifte in einen Stiefel klopft, singt ohne aufzusehen weiter das Lied von der »Wahnsinnigen Helene«.

Die Haustür fliegt mit ihrem ewigen Gequietsche auf, und Arnold kommt pfeifend durch den dunklen Gang auf die Küche zu.

Aber die Mutter saust an die Tür, steckt den Kopf durch einen Spalt und ruft befehlend:

»Nicht hereinkommen, Arnold! Ich wasche gerade das Lieschen! Geh, spiel mit anderen Kindern. Du Mädchennarr!«

Die Tür schlägt zu, und es ist wieder dunkel in dem

alten, hallenden Gang. Arnold geht enttäuscht wieder fort. Er hätte Lieschen so gerne noch erzählt, warum er oben auf dem Speicher gewesen war, er hätte so gerne ihre blauen Augen noch einmal gesehen. Aber plötzlich bleibt er stehen. Die Lust zuzugucken, wie Lieschen gewaschen wird, beschleicht ihn wie ein angenehmer Kitzel. Er wird sie im Hemde sehen, und morgen kann er sie auslachen, weil er sie im Hemde gesehen hat!

Er schleicht wieder an die Küchentür, mit einem schelmischen Lächeln um den Mund, und guckt durchs Schlüsselloch, das ein geheimnisvolles Lichtchen auf die Wand malt.

Aber er sieht Lieschen nicht im Hemde. Da steht sie in ihrer reinen, unschuldigen Nacktheit. Weiß, schlank aufragend wie eine Lilie am Teich.

Die Ärmchen vor den Schenkeln, die Beinchen zusammengekniffen, die Haare in Papierchen aufgedreht, so steht sie da, ein bißchen gebogen, wie der Mond vorhin, ein glückliches Lächeln um den Mund und ein leichtes Frösteln über dem ganzen Körper.

Das sanfte Lampenlicht fällt golden über ihre weißen Glieder, deren nasser Glanz das Licht anzieht und aufsaugt, und es ist, als ob das Licht aus ihr käme, wie aus der silbernen Mondsichel.

Das Blut stockt in Arnolds Herz.

Eine sonderbare, schöne Bewunderung sinkt in sein Kindergemüt, er versteht es nicht, bewundert nur.

»Das habe ich nicht gewußt«, flüstert er bewegt.

Und mehr aus der Fassung geraten durch das, was er gesehen hat, als aus Angst vor der Mutter, schleicht er verwundert, bekümmert und glücklich durch den Gang zurück und ins Freie.

Er setzt sich auf die kalte Schwelle vor seinem Haus, er hört seine Mutter das Lied vom Nönnchen singen. Er weiß, jetzt sitzt sie und stickt an einem Priesterkleid. Er möchte den Kopf in ihren Schoß legen und, ohne aufzuschauen, erzählen, was er Schönes gesehen hat, aber eine unbekannte Scheu, ein eifersüchtiger Stolz, das Schöne für sich zu behalten, nichts davon wegzuschenken, hält ihn zurück.

Es ist, als ob er geträumt hätte und noch träumte.

Früher, wenn er mit ihr spielte, hat er nie daran gedacht, daß sie einen nackten Körper hätte. In seiner Vorstelllung waren die Kleider mit ihr verwachsen, genau so wie bei allen anderen. Und nun hat er sie ganz enthüllt gesehen. Das ist kein gewöhnliches Kind mehr in seinen Augen!

Er kommt nicht darüber hinweg, es ist in seine Augen hineingemalt. Es macht ihn sanft und still.

Doch auf einmal lacht er. »Aber jeder hat doch einen nackten Körper!« Sein Bruder und die große Schwester also auch?

»Aber so doch nicht!« flüstert er nachdenklich. Er kann sichs von den anderen nicht vorstellen, er kann sie nicht ohne Kleider vor sich sehen. Er gibt sich auch keine Mühe. Es kann doch bei niemand so weiß, so schön und so rein sein, wie bei Lieschen. Eine zarte Rührung, eine Art Anbetung hat ihn erfaßt, aber er kann das Gefühl nicht begreifen. Er ist nur still, träumend und still.

Er denkt an das Jesuskind aus Gips im Stall von Bethlehem in der Kirche. Dieses Kindchen ist geradeswegs aus dem Himmel gekommen, hat seine Mutter gesagt, und die anderen Kinder kommen aus einem Rotkohlkopf.

»Woher mag Lieschen kommen?« fragt er sich.

Er hat die Ellbogen um die Knie geschlungen.

Über dem dunklen Dach des weißen Hauses vom Notar an der Überseite krabbeln die Sterne wie silberne Käfer.

»Man sagt, daß die Sterne größer sind als Häuser«, murmelte Arnold.

Ein Stern fällt.

»So ist sie vielleicht auf die Welt gekommen«, seufzt er.

Er fühlt sich klein, alltäglich, bang und demütig.

Es kommt ihm vor, als ob er nie mehr wagen könne, mit ihr zu spielen. Es wird künftig ein verhaltenes Spielen sein, auf Abstand, mit flüsternder, scheuer Stimme und ohne Gebärden. Er seufzt.

Eine Angst rollt sich mehr und mehr um sein Herz, er geht hinein und fühlt sich bei der Mutter wieder vertrauter. Er legt den Kopf in ihren Schoß, wie jeden Abend, während sie stickt. So schläft er immer ein, und der Vater trägt ihn dann ins Bett.

Auf einmal richtet er sich auf. »Mutter, kommen alle Kinder aus dem Rotkohl?«

Die Mutter wird plötzlich mißtrauisch. Hat man ihrem Kinde zu viel erzählt?

»Warum?« fragt sie.

»Gibt es nicht vielleicht Kinder, die direkt vom Himmel herunterfallen?«

»Ja, Arnold, aber das sind ganz, ganz brave Kinder. Warum willst du denn das wissen?«

»Darum«, sagte er ausweichend und legte das Köpfchen wieder in ihren breiten warmen Schoß.

Nun hat er die Gewißheit, daß Lieschen ein Engel ist; gleichzeitig fühlt er, daß Lieschen für ihn nur ein Traum ist, etwas Unerreichbares; das bereitet ihm echten Kinderschmerz, aber er ist doch froh, daß dieser Engel Lieschen ist.

Enttäuscht und glücklich schläft er langsam ein, während die Mutter stickt und singt.

Tantchens Begräbnis

Der Tabaksladen »Zum rauchenden Indianer« lag so nah unter der steilen Wucht des hohen breiten Kirchturms, daß die Besitzerin den Wetterhahn nicht sehen konnte, wenn sie in die Höhe guckte.

Der Turm drohte immer auf ihr Haus zu stürzen, und wenn die Glocken läuteten, zitterten die Gipsfiguren auf dem Kamin und im Glasschrank.

Der Wind von Jahrhunderten hatte die Ecken des Häuschens abgeschliffen, und es schien, als brauchte man nur mit der Mütze nach dem verschnörkelten Gipfel zu werfen, damit er umfiele, so schief hing er.

Auf einem vergilben Aushängeschild konnte man einen dicken Indianer sehen, der auf einem Tabaksballen saß und eine Tonpfeife rauchte, und aus einem weißen Giebelhaus, einem Tabaksladen, lachte ein fetter Mann den kaffeebraunen Fremdling an. Der dicke Mann war der verstorbene Vater, der nach seinem Tode Rauch- und Schnupftabak und Pfeifen seiner Tochter hinterlassen hatte.

Der »Rauchende Indianer« hatte sowohl aus der Stadt wie vom Lande eine gute Kundschaft, und Sonntags mußte die Besitzerin zwei Fräuleins dazunehmen, um nach den Messen beim Bedienen zu helfen.

Nirgends fand man Besseres zum Rauchen, und der Schnupftabak duftete so gut und angenehm wie frisch gemahlener Kaffee oder wie ein Rosenstrauß.

In Stadt- und Kirchenregister war sie aufgeschrieben

als: Giselinde, Agatha, Emmanuela de Lauwerier, aber das wußten kaum noch zwei Menschen, und sie selber fast auch nicht mehr. Man nannte sie »Tantchen«.

Das war gekommen durch »Manneken-pis«. So nannte man den Zwerg Renders, ein altes Männchen mit langem Oberkörper und ganz, ganz kurzen Beinchen, so daß er kaum so hoch war wie ein Tisch. Jedes Jahr am Sankt-Gommarus-Tage kam er geschniegelt und gebügelt aus Brüssel, mit einer goldenen Kette überm Bauch und einem Rosenstrauß in einem Trichter aus Spizenpapier in der Hand, um die Kirmestage bei seinem Bruder zu verleben. Ein Haufen neugieriger Kinder war stets hinter ihm her.

Manneken-pis sah das alte Fräulein eilig aus der Kirche kommen (damals lebte ihr dicker Vater noch), und sie glich seiner Tante aus Oudenaerde so sehr, genauso klein und verschrumpelt war sie, daß er jauchzend auf sie losschnellte und verdutzt ausrief: »O Tantchen, bist du's denn, oder bist du's nicht?«

Das Fräulein war in Ohnmacht gefallen vor Schreck, und Manneken-pis, seinen Irrtum einsehend, war wie eine Otter im Gedränge untergetaucht.

Es war vorbei und vergessen; sie war mit dem Schrecken und einer geknickten Hahnenfeder auf dem Hut davongekommen. Aber der »Unterirdische« war unglücklicherweise gerade vorbeigekommen, der hatte alles gesehen und gehört. Der »Unterirdische« war ein langer, fischköpfiger Kerl, mit einem ewigen Lächeln unter der langen Nase, der alles wußte, durch die Gardinen spähte, alle verbotenen Dinge wie durch Zufall sah und kannte, spionierte, und wie ein Strohfeuer alles weitererzählte. Er war die Zeitung und das Gewissen des Städtchens und stolz darauf, daß man ihn fürchtete. Er schwieg nur für eine Handvoll Geld. Sein Schweigen war Gold. Und am selben Tag noch kannte man überall die Geschichte, und die Gassenbuben rissen die klingelnde Ladentür auf und riefen in seliger Schadenfreude: »O Tantchen, bist du's denn, oder bist du's nicht?«

Und das blieb so, und der Name »Tantchen« blieb an ihr hängen. So fest sogar, daß sie antwortete, wenn man sie als Tantchen ansprach.

Sie war ein kleines vertrocknetes Ding. »Ich könnt sie in meiner Mütze fangen, die Grasmücke«, sagte der Fleischer Tist Gelapt wütend, weil sie ihr Fleisch nicht bei ihm holte. Sie war die kleinste Frau der Stadt, und man sagte spottend, sie würde sich noch mal mit Pijp Schavijs verheiraten, der zwei Meter zwanzig maß.

Alles war klein an ihr, außer dem Mund und den Händen. Sie hatte Haar wie Heu, steif und grünlich; graue, klagende Augen, war sehr höflich und roch nach Weißkohl vor Geiz, aber ihr Schnupftabak war über alles Lob erhaben...

Der Winter blies seinen Atem über die Welt, und es brauchte in der Stadt noch gar nicht arg zu wehen, an dieser zugigen Ecke flogen sofort die Röcke in die Höhe und die Hüte herunter, und die Regenschirme klappten um. Es war sprichwörtlich. »Es weht wie bei Tantchen.« Und drinnen im Haus kicherte es im Kamin. Der Dichter Remoldus Keersmaeckers sagte, als er sich Tabak holte: »Pan bläst auf seiner Flöte«, aber Tantchen sagte: »Es sitzt eine betrunkene Frau im Schornstein.«

Die Türklinke war ausgeleiert, und von jeder Jahreszeit hatte sie ihre Last. Im Frühjahr und im Sommer kamen die trockenen Südwinde, warfen die Tür auf, bliesen Sand und Zeitungspapier hinein und liefen dann wieder weg. Im Herbst waren es Regen und abgefallene Blätter, die den Laden besuchten, im Winter Schnee, und um dies und die ewigen Klagen darüber abzustellen, war weiter nichts nötig als eine neue Klinke zu zwei Franken. Aber Tantchen sagte: »Ach, meine Zeit wird sie schon noch aushalten!«

Und so lag ihr Schicksal in der Klinke.

Einmal, als Tantchen Schnupftabaksbeutelchen nachzählte, stieß ein zorniger Nordwind wieder die Tür auf, legte sich wie ein schweres Tuch über Tantchen, verhedderte sie ganz in seine Gewalt, so daß sie keinen Atem kriegen konnte, drückte zwei Fäuste Eisluft in ihre Lungen, und am selben Abend spürte sie Stiche in der schmalen Hüfte und unter den zarten Rippen, und in dem faltigen Nacken saß ein reißender Schmerz.

Am anderen Tag hatte sie einen trockenen Husten. Der Doktor kam und wollte sie ins Bett jagen. Aber sie blieb auf, weil sie den Laden nicht schließen wollte und fremder Hilfe nicht traute. »Es ist von selbst gekommen, und es muß auch von selbst weggehen«, sagte sie und holte die Medizin beim Apotheker nicht. So hatte sie wieder etwas gespart. Aber als sie eines Sonntags Rosenkohlsuppe essen wollte, spie sie eine Bierkanne voll Blut, und dann starb sie mit dem Kopf auf dem Tisch neben der Suppe.

»Tantchen ist tot«, ging es von Haus zu Haus.

Aus Thienen kam ein Vetter, der Alleinerbe zu sein hoffte. Er regelte zusammen mit den zwei Fräuleins, die Sonntags beim Bedienen halfen, das Begräbnis. Der Küster wurde bestellt, der Leichenbitter rief die Todesnachricht in die Türen oder durch den Briefkastenschlitz.

Am Vorabend der Beerdigung trugen die zwei Lehrbuben von Jef Verschaeren den kleinen, schmalen, weißen Sarg durch die beschneiten Straßen. An so einem Sarg sei nicht einmal ein Butterbrot zu verdienen, meinte der Tischler, und so schickte er seine Lehrjungen, um Tantchen einzusargen. Er selber war zu sehr beschäftigt mit den neuen Möbeln für De Pijpelaar, den reichsten Mann der Stadt.

Die zwei Buben, Gustav und Gommar, die erst dreimal einen Menschen hatten einsargen sehen, waren bange, doch sie verbargen ihre Angst.

»So, ihr beiden«, sagte der Vetter, »geht nur hinauf! Fräulein Klothilde wird es euch zeigen.« Fräulein Klothilde ging mit einer brennenden Kerze voran, die Wendeltreppe hinauf.

Sie kamen in ein kleines Stübchen mit gerippter Decke, wo es nach Dürftigkeit und Tod roch.

Fräulein Klothilde schob die weißen Gardinen vor einem Bett beiseite, und da lag Tantchen, tot. Ihr Kopf war zusammengesunken, die Augen standen halb offen, und damit der große Mund nicht aufklappte, steckte ein Gebetbuch unterm Kinn. Wie sie so dalag, war sie klein, wie ein häßliches Kind, mit Händen, die ihr nicht zu gehören schienen.

Die Buben starrten ängstlich auf die groteske Scheußlichkeit, die durch den Tod wie mit einem Vergrößerungsglas noch verstärkt wurde.

»Wartet noch«, sagte Fräulein Klothilde ängstlich, »ich kann beim Einsargen nicht bleiben. Es ist mir zu schmerzlich, sie so in eine kleine Kiste nageln zu sehen.« Sie setzte den Leuchter auf den Kamin und rauschte hinunter.

Nun standen die zwei Buben allein mit der Toten, deren Profil sich im Schatten wie ein Drachen auf der weißen Wand abzeichnete. Sie sahen einander an, gelähmt vor Angst.

Draußen war es still, drinnen war es still; die Kerze flackerte, und der Schatten tanzte wie ein Wolf auf der Wand.

»Ich habe Bauchschmerzen«, flüsterte Gommar.

»Komm, wir müssens wagen«, sagte Gustav, plötzlich tropfend von kaltem Schweiß.

Aber es knackte im Schrank, und die Jungen fuhren zurück.

Gommar zog vor Schreck die Bettvorhänge zu.

Hammerschläge hallten durch das alte Haus.

Und die Leute, die vorbeigingen, sagten: »Horcht, jetzt sargen sie Tantchen ein.«

Am nächsten Tag trugen zwei Leichenträger den Sarg hinunter. »Er ist so leicht wie eine Feder«, sagte der eine. »Der Sarg wiegt mehr als sie selber«, sagte der andere. »Wenn ich nicht wüßte, daß sie drin liegt, ich würde sagen, sie liegt nicht drin.«

Kerzen wurden um den Sarg gestellt. Die Nachbarn kamen, sie zu grüßen, die Priester kamen, über sie zu beten; dann trug man sie in die Kirche, sang eine Messe, und danach brachte ein schneller Leichenwagen sie auf den verschneiten Friedhof, wo sie in ein kindergroßes Grab gesenkt wurde. Und der Vetter drückte eine falsche Träne aus den Augen.

Am nächsten Tag wurde der Laden wieder eröffnet. Der Vetter bediente, und die zwei Fräuleins sollten das Sterbezimmer scheuern, um den Totengeruch wegzukriegen. Sie machten zuerst die Fenster auf, und die kalte Luft strömte reinigend hinein.

Aber auf einmal tönte ein gellender Schrei über die schneestille Straße, und Fräulein Klothilde hing armeschwenkend aus dem Fenster und schrie aus vollem Halse: »Hilfe! Hilfe! Tantchen, Tantchen ist wiedergekommen!«

Der Vetter fühlte, wie ihm die Erbschaft und das Herz in die Hosen fielen. Ein Stoßgebet murmelnd, daß Tantchen doch wirklich tot sein möchte und begraben, stürmte er hinauf. Da lag Tantchen in der Tat.

Zauberei! Die Erbschaft zum Teufel! Und er polterte und trampelte vor Schreck die Treppe hinunter.

Inzwischen waren Leute hereingekommen, und die Mutigsten wollten oben nachsehen, aber der Vetter zog sie an den Röcken und drängelte sie hinaus. »Es ist nicht wahr, das Fräulein hat geträumt! sagts nicht weiter! Es ist ein Irrtum, es war ihr eigener Schatten!« Und er schloß die Türe zu.

Und dann weinte er echte Tränen. Er wartete ängstlich in der Küche mit den zwei zitternden Fräuleins auf das Knacken der Treppe, auf das Aufgehen der Tür, durch die Tantchen wieder hereinkommen mußte. Und der Vetter betete, es möchte nur ein Traum gewesen und Tantchen doch begraben sein.

Aber es rührte sich nichts im Haus.

An der Haustür wurde geklopft, so heftig, daß der Vetter doch hingehen und öffnen mußte. Es war der Tischler. »Ach, sagt es nur niemand«, flehte er den Vetter an, »oder ich verliere alle meine Sargkunden; es sind die zwei Rotznasen gewesen, die mir den Streich gespielt haben! Sie haben nicht gewagt, sie in den Sarg zu legen, da haben sie ihn einfach so zugenagelt.«

Der Vetter konnte das Lachen nicht halten, vor Erleichterung. Nein, nein, Tantchen war nicht wiedergekommen. Sie war nur vergessen worden. Gott sei Dank, sie war mausetot.

Nun wagte er ruhig nachzusehen, und er sagte zu jedem, der fragte, was dran wäre: »Fräulein Klothilde hat geträumt, das passiert ihr manchmal.«

In derselben Nacht, als ein jeder mit geschlossenen Augen in den Federn lag, hielt ein Schlitten vor dem »Rauchenden Indianer«.

Der Tischler und der Vetter trugen rasch ein Paket in das Fahrzeug, und beide zogen den Schlitten so rasch sie konnten durch die nächtlichen Straßen auf den Friedhof. Mit einem Zwanzigfrankenschein zwischen den Lippen machte der Totengräber eine neue Grube.

Erde und Schnee darüber –, und die Schande war bedeckt.

Und mit einem Gemüt, freudesprudelnd wie Champagner, verließen die zwei Männer den Kirchhof.

Doch da kam hinter einem Baum ein fischköpfiger Kerl hervor, mit einem Lächeln unter der langen Nase, ging auf sie zu und bat freundlich mit seiner heiseren Stimme: »Tischler, darf ich meine Pfeife bei Euch anstecken? Ich habe meine Streichhölzer vergessen!«

Der verliebte Mohr

Erst wenn die Nacht die Sterne wie goldene Käfer auf ihrem Mantel herumkrabbeln läßt und der Nachtwächter Mitternacht auf seinem Horn tutet, fangen die Madonnen an den Straßenecken, die Heiligen in ihren Nischen und die Aushängeschilder über den Läden an, sich zu bewegen, zu leben und zu schaffen.

Die Muttergottes vom Süßen Trost schwebt dann auf ihrer steinernen Wolke, die zu wirklichem Nebel wird, auf die Straße hinunter, geht mit ihrem Jesuskind von Tür zu Tür und horcht und guckt durch die Schlüssellöcher, ob es irgendwo tränenreiche Mütter und verwundete Herzen zu trösten gibt. Sie hat einen prächtigen Samtmantel um und beugt müde das Haupt unter der allzu schweren silbernen Krone.

Auch die anderen Madonnen machen ihren barmherzigen Rundgang. Und wenn sie einander begegnen, schwatzen sie ein wenig über ihre Arbeit, geben sich Ratschläge und klagen sich auch ihre Not: wenn man sie nicht zur rechten Zeit putzt und anmalt, und wenn sie keine Kerzen bekommen.

So stehen sie manchmal in Gruppen zu zehn und schwatzen, bis ein Stern fällt, das göttliche Zeichen, daß gearbeitet werden muß.

Die Heiligen aus den Nischen der gotischen Kirche und über den Eingangstüren von Altersheim und Waisenhaus bleiben meistens regungslos in ihre frommen Betrachtungen versunken stehen; nur wenn der Vollmond scheint, milde wie Milch, kommen sie alle an der Kirche zusammen und ziehen in Prozession nach dem großen Kreuz auf dem Buttermarkt.

Die Madonnen gehen dann mit. Viele betrübte Mütter *eines* Sohnes.

Dann spielt die heilige Cäcilia die Laute, und König David greift in die Saiten seiner kleinen Harfe und singt mit sammetweicher Baritonstimme die Psalmen.

Jesus möchte gerne bei ihnen bleiben im Duft ihrer Frömmigkeit, aber er kommt nicht los von seinem Kreuz, weil die Sünden der Menschen nicht aufhören und ihn an seinem Marterholz festhalten.

Und dann die gemalten, gipsenen und hölzernen Aushängeschilder und -bilder! Was die für Lärm und Spektakel machen in der Nacht!

Da ist zunächst der »Fröhliche Spielmann«, der alle weltlichen Aushängeschilder mit seiner Musik erfreut und, auf seiner Mandoline spielend, mit dem Nimmersatt aus der »Süßen Einkehr«, tropfend von Honig, mit dem lustigen »Kaiser Karl«, und mit dem »Mutigen Taubenmelker« in den »Großen Schoppen« und ins »Patersfäßchen« zieht, wo sie in Saus und Braus leben und all die fröhlichen Lieder singen, die sie den Menschen am Tage abgelauscht haben. »Die drei Könige« knieen jede Nacht vor dem »Stall von Bethlehem« über dem Weißwarengeschäft. Bei Vollmond gehen diese natürlich mit in der Prozession, was der »Alte Dechant« von dem Wollwarengeschäft auch tut; der liest sonst ein Brevier im Psalmenhain bei der kleinen Sankt-Peterskapelle.

Das »Schaf«, das »Lämmchen« und der »Hirsch«

von der Apotheke ziehen mit den Schweinen und Kühen und Kälbern, die über den Fleischerläden hängen, in die Klosterstraße, wo sie das Gras weiden, das dort zwischen den Steinen wächst.

Und der »Rote Löwe«, rot vor Hunger (er ist ein wenig zu mager ausgehauen), tummelt sich im Feld, um Hasen zu fangen; er möchte wohl lieber das zarte »Lamm« in der Klosterstraße knabbern, aber Aushängeschilder respektieren einander.

Der »Goldene Hahn« vom Weinhändler kräht voll Heimweh nach der grauen, scheuen Henne, die bei der »Eierbäuerin« sitzt. Doch die Henne hat nicht jede Nacht Lust, mit dem feurigen Hahn zu kosen, und bleibt sitzen. Sie kann auch ohne ihn Eier legen. Nur um die Osterzeit ist sie fast noch toller als er.

Wenn die Henne nicht kommen will, so hätte der Hahn nicht übel Lust, mit einem andern Hahn zu kämpfen, aber es ist keiner da. Dann trompetet er herausfordernd nach der Elster von dem Tabaksladen, aber die zuckt die Achseln und fliegt mit der »Blauen Nachtigall« in die Beginenwälder, um dort zu spielen und zu singen. Nur wenn Frühling ist und Sommer wohlgemerkt. Denn zur Winterzeit, wenn es kalt ist und Schnee liegt, kriechen alle, der alte Dechant und die Heiligen ausgenommen (die bleiben bei ihrem Betgeschäft), um die »Feuerbowle« vom Ofenbauer, wärmen sich und erzählen sich ihre Erlebnisse vom Sommer. Alle, die gegen Kälte empfindlich sind, kommen hier zusammen, auch der hungrige Löwe und sogar die »Sonne« vom Schneider und natürlich auch der poetische »Halbmond«.

Dann finden sie immer das größte Vergnügen darin, den Späßen und den Lügen zuzuhören, die der »Mohr« erzählt, der über dem Schnupftabaksladen der Witwe Peters sitzt.

Ach nein, dieser Mohr, was für ein schreckliches Mohrenende hat der Kerl genommen!

Wie behaglich saß er da auf einem Tabaksballen, mit erstaunten weißen Augen in seinem schwarzen Gesicht und einem Tabakstopf im Arm, und rauchte seine Pfeife. Die Federn auf seinem Kopf und um seine Lenden hatten doch so schöne schreiende Farben, und der Ring in seiner Nase und die Ringe in seinen Ohren glänzten wie echtes Gold.

Er hatte ein schönes Leben, und sicherlich würde er noch dasitzen, wäre er nicht, wie alle Mohren, so versessen gewesen auf weiße Frauen.

Und wäre er noch bei Aushängeschildern und Standbildern geblieben, aber er hatte die Dummheit begangen, wirkliche Menschenfrauen zu begehren. Und das wurde sein Schicksal und sein Tod. Früher hatte er »Die kleine Hirtin« vom Wirtshaus vor dem Mühlentor liebgehabt. Doch die war auf einmal weggezogen. Und um seinen Kummer ganz sicher zu ersticken, fing er an, zwei auf einmal zu lieben: die »Meerjungfrau« und die »Eierbäuerin«.

Er wußte nicht, welche er mehr lieben sollte – die Eierbäuerin ließ ihn jede Nacht die frischgelegten Eier der grauen Henne austrinken; aber sie war ungeschickt und plump, während die Meerjungfrau hinreißend, geschmeidig, schön, fein, gleitend, klug, schillernd, spielerisch, rund, gesund und fröhlich war.

Die Meerjungfrau konnte ihr Aushängeschild nicht verlassen, wenn es nicht gerade regnete. Dann ließ sie sich in einem Wasserfall herunter und schwamm in der Gosse nach der Nethe, wo sie im klaren Wasser ihrem wasserverlangenden Herzen einmal gründlich Genüge tat, und spielte mit den »Drei Hechten« und dem »Delphin«, die auf demselben Weg in die Nethe gekommen waren. Der Mohr ging dann immer unter dem blechernen Regenschirm vom Schirmladen, um seine Federn zu schonen, und er sah ihre perlmutterartige Schönheit und wunderte sich über ihre frische Jugend. Seine afrikanische Natur erwachte, seine Augen glühten. Er sprach sie an und begleitete sie, aber sie wollte nicht unter den Regenschirm, sie ließ den Regen mild über Fleisch und Schuppen strömen, kringelte sich in der Wasserwonne und beeilte sich, in die Nethe zu kommen. Aber sie erzählte von indischen Meeren, von Korallen und Perlen und von den Palmbäumen am Ufer. Dann zitterte sein schwarzes Herz vor Heimweh nach den warmen Ländern, und er fing an sie zu lieben mit einer gewaltigen Liebe.

Und es kam so weit, daß er sie im heißen Sommer, wenn es nicht regnete, vom Aushängeschild herunterholte und nach der Nethe trug, um dort mit ihr zusammen zu schwimmen.

Eine Stunde später jedoch streichelte er die Eierbäuerin, trank die Eier und leerte die Milchkanne. Welche sollte er heiraten? Sein schwarzer Verstand konnte kein Licht finden. In diesen Tagen von inneren Kämpfen war es, daß ihm etwas Besonderes geschah.

Gegenüber dem Tabaksladen stand ein kleines Eckhäuschen. Dort an der Ecke hing die schöne Muttergottes vom Süßen Trost in ihrem Glasschrank. Von der Madonna sah er nur das Profil, und sicher hätte er sich in seiner Dummheit auch in sie verliebt; doch sie sah ihn böse an, wenn er ihr nachts begegnete, weil er ein Heide und ungläubig war.

Und in dem Eckhäuschen wohnte ein Mädchen, auch so schön und blank, daß es einen rührte wie Musik von Beethoven. Und daß er das jetzt erst sah! Gipsfiguren achten nicht viel auf Menschen, aber sie hatte zuerst angefangen. Sie hatte die Liebe in ihm wachgekitzelt.

Einmal in der Dämmerung sah er, wie sie ihn wehmütig und teilnehmend betrachtete. Gott weiß, wie lange sie das schon getan hatte! Seit der Zeit behielt er sie im Auge und fing an zu denken, daß sie verliebt in ihn sei.

Sie wurde bleicher von Tag zu Tag, gewiß seinetwegen, und sie hörte nicht auf, ihn flehend zu betrachten. Ach, wäre er nicht von Gips gewesen, wie würde er genickt haben! Sie saß oft träumend am Fenster und hatte ein Buch, in dem sie nicht las, und dann sah er eine Träne aus ihrem Auge fließen, und abends zündete sie eine Kerze an vor der Muttergottes vom Süßen Trost, die nachts wohlgefällig an der Tür horchte und etwas durchs Schlüsselloch flüsterte.

Gewiß betete das Mädchen für ihn, aber er glaubte, daß die Madonna ihr Schlechtes von ihm erzählte. Und er wurde böse auf die Muttergottes und hätte sie gern erwürgt, doch das wagte er nicht, denn er wußte, daß sie mächtig war.

Und auch er flüsterte seine Liebe durchs Schlüsselloch.

»Komm zu mir, du blankes Täubchen! Bin ich auch schwarz anzusehen, so bin ich doch von innen weiß wie Schlagsahne.« Er log nicht, denn er war aus Gips. Aber sie hörte seine Gipsfigurensprache doch nicht.

Die Aushängeschilder lachten über seine unmögliche Liebe. Die Eierbäuerin machte ihm zu schaffen. Sie bot ihm fortwährend frischgelegte Eier und süße Milch an und bat ihn, mit ihr spazieren zu gehen. Rauh stieß er sie weg. Auch die poetische Meerjungfrau konnte ihm gestohlen bleiben; und wenn es nicht regnete und die Hitze Blasen auf ihren Leib brannte, ließ er sie hängen.

Er mußte das bleiche Mädchen haben, das um ihn trauerte.

In seinem verzweiflungsvollen Verlangen, ihr seine Liebe bemerkbar zu machen, lieh er sich für eine Handvoll Tabak die Mandoline von dem Spielmann. Sie war wohl etwas klein, aber es ging doch, und er sang sein Ständchen zu den haarfeinen Klängen:

Oh Butter meiner Träume,
Ich rufe dich zur Nacht,
Der Mond scheint durch die Bäume,
Dein schwarzer Liebster wacht.

Doch auch die Ständchen wurden nicht gehört. Er war ratlos, und da nahm er seine Zuflucht zur Muttergottes vom Süßen Trost. Er sah, daß die Menschen immer Kerzen vor ihr anzündeten in ihrem Glasschrank. Darum stahl er die Kerze vom Wirtshaus zum »Nachtlicht«. Doch weil die heilige Jungfrau auf ihrem Rundgang war, wußte sie morgens nicht, von wem die Kerze kam. Inzwischen wurde das Mädchen immer trauriger und blickte immer mehr nach dem Mohren.

Eines Nachts, es war im September, strich er seine Federn gerade und machte sich auf die Suche nach der Muttergottes. Er fand sie in einem armseligen Gäßchen, wie sie mit dem Gesicht gegen die Scheibe gedrückt in eine schmutzige Kammer blickte, wo eine Mutter wachte bei ihrem Kind.

Er zog an ihrem Samtmantel. »Kann ich dich einmal sprechen?« fragte er.

»Du mußt dich erst taufen lassen«, sagte sie zornig, und ihre gläsernen Augen funkelten. Voller Schrecken umklammerte sie ihr Jesuskind und eilte weg.

»Ich will auch den zerbrochenen Finger an deiner Hand machen«, rief er.

»Laß dich taufen, dann wird dir alles zuteil werden!« rief sie noch um die Ecke herum.

Nur eine Nacht dachte er darüber nach, dann zog er zu dem alten Dechanten, der froh war über diese Bekehrung. Erst beichtete er, seine sündigen Liebschaften, wievielmal er Honig genascht hatte in der »Süßen Einkehr«, usw.

Das war eine Sache gewesen, diese Taufe am Wasser der Nethe! Es war ein Fest der Gipsfiguren und Aushängeschilder. Alle Madonnen und alle Heiligen waren dabei. Die vom Süßen Trost war seine Patin, und der »Fröhliche Spielmann« war sein Pate, er hatte den »Neuen Rosenhut« dazu aufgesetzt. Alle waren zufrieden, außer der Meerjungfrau, die auch nicht unseren Glauben hat; sie konnte fast schwimmen in ihren Tränen.

Als die Feier abgelaufen war, gingen die weltlichen Teilnehmer ins »Patersfäßchen«, wo getanzt und gesungen und getrunken wurde bis zum zweiten Hahnenschrei.

Der Mohr war nun felsenfest überzeugt, daß alles gut werden würde mit dem Mädchen, und er bereitete sein Herz für die kommende Nacht.

Am Morgen sah er, daß das Mädchen auf einmal ohne Kummer war, daß es vor sich hin und zu ihm hinüber lachte. Das kam von der Taufe! Er lechzte nach der Nacht!

In der Dämmerung zündete sie wieder eine Kerze an, nun eine noch größere.

Es fing an zu regnen und zu stürmen, und als die Lampen angesteckt waren, sah er einen jungen Matrosen in das Häuschen treten.

Am Schatten auf dem herabgelassenen Vorhang sah er, wie der Jüngling und das Mädchen sich umarmten, als ob sie sich zerquetschen wollten.

Er hörte Flaschen aufkorken und Gläserklingen. Das Mädchen sang, der Vater sang, und der Jüngling sang.

Zwei Frauen, mit vom Wind geblähten Kapuzenmänteln, sagte im Vorübergehen: »Der Matrose ist zurückgekommen. Als er Mohrenland verlassen wollte, hatten sie Schiffbruch. Heute morgen hat sie die frohe Nachricht aus Antwerpen bekommen. Ihr Kummer ist nun vorbei, und sie werden bald heiraten.«

Der Mohr war völlig perplex.

Er hoffte nur, daß er sich verhört und der Wind die Worte verdreht habe.

Um elf Uhr blies der Nachtwächter vom Turm, zum

Zeichen, daß die Lichter ausgelöscht werden mußten.

Da sah er den Jüngling und das Mädchen herauskommen. Sie redeten stille Worte, und dann sah der Jüngling den Mohren und sagte: »Finchen, im Mohrenland gibt es andere, größere Kerle als das Klabautermännchen da.«

War es der stärkere Wind oder der Grimm des Mohren –, seine Pfeife fiel zerbrochen auf die Erde.

»Oh«, sagte das Mädchen, »ich habe die dumme Gipsfigur immer im Auge gehabt, denn ich dachte, wer weiß, vielleicht wird mein Schatz von diesen gräßlichen Leuten aufgefressen. Wenn ich das Ding sah, dachte ich stets an dich und wurde dann immmer so traurig. Aber jetzt geht mein Ludwig nicht mehr zur See!«

»In so einem Wind ist unser Schiff untergegangen...«, und der Mohr hörte noch viel erzählen von Liebe und Hochzeit, und nach einer langen Umarmung ging der Jüngling fort und das Mädchen ins Haus. Das Licht wurde ausgedreht.

Da weinte der Mohr aus seinen weißen Augen.

Die Zukunft war noch schwärzer als sein schwarzes Angesicht.

Als es zwölf Uhr schlug, begaben sich alle, außer den Wassergeschöpfen, wegen Regen und Wind in den Schutz des Gefangenentores, wo sie sich mit dem »Dambrett« der Brauerei amüsierten.

Aber der Mohr wollte sich rächen. Er sprang von seinem Sockel herunter und tanzte vor Wut und Grimm. Die Dachziegel klapperten wie Kastagnetten im Wind, und mancher ging in Scherben. Die Madonnen mußten gegen den Wind ankämpfen, und der stattliche alte Dechant hatte alle Mühe, um den blechernen Regenschirm festzuhalten. Und der Muttergottes vom Süßen Trost, die gerade vorbeikam, rief der Mohr zu: »Du hast mich betrogen mit deiner Taufe; aber wenn ich dir auch nichts zu tun wage, an dem Mädchen werde ich mich rächen, denn erleben soll sie es nicht, daß sie einen andern heiratet als mich!«

Und dann lief er zum Messerschmied, holte über der Tür das blecherne Messer herunter und rannte damit durch die Straßen, zurück zu Finchens Haus.

»Sie muß sterben! sie muß sterben!« heulte er.

Die Muttergottes rief, so laut sie konnte, um Hilfe, und alles Volk aus dem Gefangenentor, die Figuren von der Kirche und der Delphin kamen herbeigelaufen; nur Jesus blieb traurig im Regen hängen.

Sie kamen noch zur rechten Zeit, denn der Mohr schlug eine Scheibe ein und kroch mit dem Messer zwischen den Zähnen zu Finchen hinein. Doch gerade konnte der schwarze Dreikönig noch den Mohrenfuß greifen, und er zog, und alle anderen Aushängeschilder zogen mit, das eine am andern, eine ganze Straße entlang. Kaiser Karl gab die Befehle.

So gelangte der Mohr nicht nur nicht hinein, sondern sie zogen ihn heraus. Er zappelte sich los, und mit afrikanischer Wut trat er um sich und tötete oder verwundete jeden, der sich in seine Nähe wagte.

Die Eierbäuerin war eins der ersten Opfer, ihr Kopf rollte weg, und als sie hinfiel, zerbrach sie ebenso leicht wie ihre Eier. Er schlug dem alten Dechanten den Regenschirm aus den Händen, Kaiser Karl bekam einen

Hieb, Sankt Rochus verlor sein gebissenes Bein, und der Spielmann und der Halbmond erlitten den Tod in hundert Stücken. Dann wollte er der Muttergottes zu Leibe, er zog ihr den Mantel ab, daß er wegwehte wie eine Feder. Vor Schreck ergriffen alle die Flucht, mit Heulen und Kreischen, daß die Menschen es in den Schornsteinen hörten. Nur die Muttergottes blieb und stellte sich opferwillig vor die zerbrochene Scheibe, mit ausgebreiteten Armen. Sie strahlte von Licht und wurde von göttlichem Feuer um sich herum verteidigt. Da fürchtete sich der Mohr und wagte nicht, ihr zu Leibe zu gehen; aber da er nun einmal angefangen hatte mit Stechen und niemand sonst mehr da war, den er stechen konnte, erstach er am Ende sich selber und fiel in weiße Stücke Gips tot auseinander.

Am nächsten Tag fand man manches Aushängeschild heruntergeweht, manche Figur zerbrochen und beschädigt. »Was für ein Sturm war das diese Nacht!« sagten die Menschen.

Und da lag der Mohr in Stücken.

Die Witwe Peters war sehr traurig darüber; und sie stellte den noch ziemlich unbeschädigten Mohrenkopf als Andenken auf den Kamin. Aber am selben Tag stieß die Katze ihn herunter, so daß auch sein Haupt in Stükken unterging.

So kamen die Überreste des Mohren auf den Abfallhaufen außerhalb der Stadt, vergessen und zerstreut.

Und am Tage, an dem das Mädchen mit dem Matrosen Hochzeit machte, malte Nöteken über den Schnupftabaksladen mit schwarzen Buchstaben: »Zum rauchenden Mohren«.

Denn die Witwe Peters fand, für eine neue Figur seien die Zeiten zu teuer.

Ambiorix

Ambiorix hat eine rote Kartoffelnase, unter der ein struppiger, schwarzer Schnurrbart feucht über die Unterlippe herabhängt. Seine Brauen gleichen langhaarigen Raupen, die böse sind, und tief unter der zurückliegenden Stirn blinken scharf, aber ein wenig wehmütig die kleinen, braunen Augen.

Er liebt die Gewalt.

Er ist Bäcker, weiß mit seiner Kraft nirgends hin und boxt bisweilen verzweifelt auf den harten, geschwollenen Teig wie auf den Bauch eines weißen Elefanten.

»Wer nimmt's mit mir auf?« fragt er herausfordernd in der Wirtschaft, entblößt seinen Arm und läßt voller Stolz seinen Bizeps langsam anschwellen.

Die Leute schweigen in Bewunderung und Angst und trinken ihr Bier.

Das sind seine Schlachten; aber weil sie ohne Feind vor sich gehen, stimmen die Siege ihn traurig.

Ambiorix tritt mit bloßen Armen und bloßer, behaarter Brust in die Küche. Es ist Montag, und sein Sonntagsgeld ist vertrunken.

»Emma, gib mir einen Franken!«

Emma ist seine Frau, eine schlampige Person, die immer schnupft, um die Armut und ihre ewigen Zahnschmerzen mit einem Niesen vergessen zu können.

»Ach, Achill«, klagt sie, »du hast gestern meinen letzten Groschen gekriegt.«

»Zwei Franken!« klingt es drohend.

»Aber Achill, es ist diese Woche doch so knapp gewesen!«

»Drei Franken!«

»Aber Achill, wir können morgen kein Fleisch holen!«

»Fünf Franken!«

»Ach Gott, ach Gott! und Donnerstag kommt der Kassierer aus der Mühle wegen des letzten Sackes Mehl!«

Ambiorix hat eine Glasvase vom Kamin genommen und sagt abgemessen, während er die Vase vor sich hin hält: »Eins... zwei... drei!« Und gleichgültig läßt er sie fallen, als ob es eine Zeitung wäre. Die Scherben klirren wie Musik. Die Frau weint, während sie sich mit ihren schwieligen Händen im Haar kratzt.

»Ach, Achill! Die schöne Vase, die ich auf der Tombola gewonnen habe! Ach Gott, ach Gott, sie hatte wohl einen Sprung, aber das sah kein Mensch! Oh, oh, meine schöne Vase, die ich auf der Tombola für die chinesischen Kinder gewonnen hab!«

Ambiorix hat eine zweite Vase genommen und sagt wieder abgemessen: »Eins... zwei...«, das Wort »drei« kommt nicht heraus, die Frau holt hastig und schluchzend die Börse aus der Schublade des Tisches und gibt ihm betrübt und zögernd die fünf Franken.

Er hätte das Geld ja auch ohne zu fragen aus der Schublade nehmen können, aber ihm liegt am Sieg.

Spät in der Nacht, als der Mond schief hängt, müde vom Heruntergucken auf die kleine Stadt, kommt Ambiorix leicht angesäuselt nach Haus. Er singt mit seiner rauhen Stimme durch die schlafenden Straßen:

»Und die uns wollen verhauen,
Müssen wackere Kerle sein!«

Er kommt an seine Tür. Durch die Scheiben sieht er die kümmerlichen Ladenflaschen, in denen nichts mehr ist, und die Fächer, auf die noch etwas drauf gehört.

Einen Schlüssel hat er nicht, den hat vor zwei Jahren der Kleine verloren. Und wie gewöhnlich geht er ein paar Schritte rückwärts, nimmt einen Anlauf und tritt die Tür ein. Der Riegel springt klirrend über den Fußboden, er sucht den Riegel, befestigt ihn wieder, wo er hingehört, und schließt die Tür von innen.

Sein Leben verläuft einfach, ohne viel Umstände.

Sie haben eben Kaffee getrunken. Die Tassen sind leer, mit braunen Kaffeerändern. Die müssen nun abgewaschen werden, und Emma sitzt jammernd vor Zahnschmerzen auf ihrem Stuhl. Hinter ihnen steht der Glasschrank, ohne Glas, seit irgendeinem Ambiorix-Siege. Um Emma die Arbeit zu sparen, nimmt Ambiorix die Tassen und die Kaffeekanne und wirft sie geschickt, ohne sich umzudrehen, in die Fächer des Glasschrankes. Und da Emma immer Zahnschmerzen hat, ist Ambiorix immer so behilflich. Denn er scheut keine Mühe. Sie sitzen in der Küche, deren Fenster nach der Straße zu liegen. Es

ist ein Eckhaus. Es wird Abend. Die Dämmerung mausert sich über den Gegenständen, und Emma zündet langsam die Lampe an. Das Rouleau muß niedergelassen werden, jedoch die Schnur ist, ach schon so lange! durch einen zu kräftigen Ruck abgerissen, aber Ambiorix stellt sich auf einen Stuhl und zieht es an den Fransen herunter…

Und am Morgen steht er wieder auf einem Stuhl und reckt sich, bis seine Hand die hölzerne Rolle erreicht, und rollt das Rouleau wieder auf.

Es ist Sonntag, und Ambiorix hat seine beste Hose an. Es ist eine graue Hose mit braunen Streifen.

Draußen schneit es, und der Ofen brennt schlecht. Der Feuerhaken, zum Schüren der Kohlen, ist nicht zu finden; der Kleine wird wieder damit gespielt haben, und Emma ist zu elend, um danach zu suchen.

Auf einmal ruft Ambiorix, der im »Riesen Finard« gelesen hat: »Wir wollen doch mal sehen, ob der Feigling nicht brennen wird!«

Er steigt auf einen Stuhl, schiebt den Deckel vom Ofen und stampft mit dem Schuh in die brennenden Kohlen.

Ein Geruch von verbranntem Zeug heilt Emma von ihren Zahnschmerzen: »Du verbrennst dir deine Hose!« ruft sie, »deine gute Hose, zu 6,75 den Meter!«

»Was verbrennt, braucht nicht abgetragen zu werden«, sagt Ambiorix und kämpft weiter gegen den Riesen Finard.

An seinem Fahrrad ist ein Schlauch ohne Luft. Die Luftpumpe finden sie nicht, schon wieder die Schuld des Kleinen, und sie wissen, wenn sie auch die Pumpe finden, daß kein Gummischlauch daran ist.

»Her damit!« sagt Ambiorix und wirft sich auf den Bauch, nimmt das Ventil in den Mund und bläst den Schlauch auf, so leicht und so schnell, als ob es ein Frosch am Strohhalm wäre.

Wenn er liest, sind es nur Bücher, in denen viel gekämpft wird. Der Löwe von Flandern, Die drei Musketiere, Hans Unverzagt, Die vier Haimonskinder. Aber vor allem liebt er Jan Brendel und ganz besonders Ambiorix, der Cäsar tüchtig zu schaffen machte. Er spricht so viel von Ambiorix, daß man ihn auch so genannt hat, und das ist für ihn ein großer Ruhmestitel.

Wenn auf dem Jahrmarkt die Ringerbude aufgeschlagen ist, in der stets ein Neger sich betätigt, dann steht er da und wartet, bis der Budeninhaber ruft: »Wer unter den geehrten Mitbürgern wagt es, mit diesem Neger: Massala, dem Schwergewichtsmeister, zu kämpfen?«

»Ich«, ruft Ambiorix. Und kurz darauf hat er nur noch die Hose an und quetscht den schokoladefarbenen Mohrenleib in seinen weißen Armen, daß das schwarze Sonnenkind die weißen Zähne zeigt und seine Augen wie Billardkugeln hin und her rollen.

Winter und Sommer steht er nach dem Mittagessen um ein Uhr vor der Tür. Er zeigt sich den Arbeitern, die auf die Arbeit gehn. Herausfordernd steht er da, die Hemdsärmel aufgerollt bis oben hin, wo man ihn geimpft hat, die haarige Brust entblößt.

Er wartet nur darauf, daß ihn einer mal schief angukken soll, um ihm dann eine runterzuhauen, daß man ihn drüben zum Apotheker tragen muß. Aber niemand guckt ihn schief an. Und das ist sein Ärger, daß er nicht kämpfen, daß er nur am stummen Teig seine Kraft auslassen kann.

Er möchte zwei, drei volle Mehlsäcke auf einmal durch die Stadt tragen, um zu zeigen, was er kann, aber er kriegt zur Zeit nur einen von der Mühle.

In jedem Augenblick des Tages erweist sich seine Kraft als ein verfluchter Zwang. Ach, könnte er sie nur zusammenquetschen im Ringen, Boxen, Schlag um Schlag, Gewichte heben! Er wäre ein großer Mann, und die Zeitungen würden in großen Buchstaben über Ambiorix berichten.

Jetzt ist er ein kleiner Bäcker mit einem halben Ofen Brot, der von morgens bis abends schuften muß, um arm zu bleiben. Berühmt werden um seine Stärke, das ist sein Verlangen, seine Sehnsucht, die Leere seines Lebens!

Wenn er vor dem Spiegel steht und seinen Bizeps anschwellen läßt, dann weiß er wohl, daß jetzt alles zu spät ist, er bekommt schon graue Haare und wird wohl Bäcker bleiben müssen.

Aber es soll in der Familie bleiben. Sein Söhnchen möchte er im Boxen erziehen, um aus ihm einen echten Ambiorix zu machen. Aber das Kerlchen ist so dünn wie ein Pfeifenrohr und heult schon, wenn ein anderer

Junge mit dem Finger auf ihn zeigt. Und das ist wieder ein Ärger in seinem Leben, und wegwerfend sagt er: »Mein Apfel fällt weit von meinem Stamm.«

Ambiorix hat von dem großen Ringer gelesen. Seine Gedanken bersten davon. Er ist eifersüchtig. Während er den Teig im Trog bearbeitet, sieht er wie eine Vision den viereckigen Trichter mit tausend Menschen, gespannt aus dem Dämmerlicht auf die Mitte blickend, wo unter einem Zelt von weißem Licht nackte, muskelstarke Leiber einander umklammern. Im ganzen Saale hört man nur das Keuchen der beiden Ringer und das Klatschen ihrer Hände auf dem nackten Fleisch.

Aber der stärkste ist nicht der große Ringer, über den jetzt alle Zeitungen berichten. Es ist Ambiorix in eigener Person!

Er sieht sich selber dort stehen; auf seinen Rücken klatscht man, seine Hände sind es, die den anderen umschlingen, o so heftig! Die Armballen schwellen, die Muskeln seufzen und krachen, die Schenkel klappern, die Adern wollen springen, und der Bauch legt sich in Knoten wie ein Blumenkohl, aber er läßt nicht locker, und klatsch! er ist es, der den andern mit einem Knall und Knochenkrachen auf den Rücken niederklebt! Bravo!

Ein orkanartiger Applaus bricht los, Hüte werden geschwenkt, Blumen fallen ihm vor die Füße, Berichterstatter und Photographen umringen ihn, es gibt ein Siegesfestmahl mit laut herausgekrähten Ansprachen und einen Triumphzug mit Musik in einer geschmückten Straße mit vielen Lichtern vor den Fenstern. Und Ambiorix dankt, und von der hohen Treppe des Rathauses herunter will er die Menge seiner Bewunderer anreden, doch da merkt er, daß er vor einem Trog mit Teig steht, stummem, weißem Teig!

Das verwandelt sein Blut in Essig, und plötzlich schmeißt er die Küchentür auf und ruft seiner von Zahnschmerzen geplagten Frau, die sich eben waschen will, fluchend zu: »Warum wolltest du mich denn auch partout zum Manne haben, statt wirklich ins Wasser zu gehn? Wärst du nur ins Wasser gegangen, dann hätte ich jetzt in den Zeitungen gestanden! Du Schnupfnase du!«

Die Madonna der Fische

Speckzehe, der Fischer mit dem feuerroten Gesicht und dem weißen Stoppelbart, hatte die silberne Madonna aus der kleinen blauen Glaskapelle in der Beginenstraße gestohlen.

Ach, es war so schnell gegangen, sie lag in seinen Armen, fast ehe er es selber wußte, als ob sie ihm hineingesprungen wäre.

Jeden Tag, wenn er mit seinen Netzen an die Nethe ging, betete er vor der Madonna drei Ave-Marias um einen guten Fang.

Und während er nun wieder dastand in der Abenddämmerung und betete, sah er die Glastür ein wenig offen stehen. Wahrscheinlich hatte die Nonne, die das silberne Standbild mit frischen Blumen zu versorgen hatte, vergessen, die Tür wieder zu schließen.

Speckzehe spähte, während er betete, mit seinen wimperlosen Äuglein schlau nach rechts und links. Keine Seele war auf der Straße, nichts als ein weißes, mageres Hündchen, das schnüffelnd in der Gosse lief. Und Speckzehes Gedanken wurden durchblitzt von all dem weißen Silber, das man nur zu nehmen brauchte. Dann würde er nie mehr zu arbeiten haben und könnte alle Tage Fleisch essen.

»Du bist gebenedeit unter den Weibern«, wupp! Speckzehe sprang in die Höhe, und ach, es war schneller geschehen als er dachte, die Madonna saß unter seinem nach Fisch riechenden Rock.

Erst wollte er damit nach Hause gehen, aber die Frau und die Kleinen würden es schnell ausplappern, und so ging er dann zu seinem Kahn an die Nethe.

Er spürte schon große Reue über seine Tat und stammelte unterwegs: »Du Dieb, du Dieb! Mußte ich dafür so alt werden!«

Er hatte große Lust, das Bild zurückzubringen. Aber wenn man ihn nun erwischte, wie er es wieder in die Kapelle stellte! Wenn er auch sagen würde, daß er es auf dem Wall gefunden hätte, man würde ihm nicht glauben, man würde ihn ausquetschen mit Fragen, und zwei Jahre könnte er dann im Gefängnis sitzen. Aber er mußte das Bild los werden, da half nun alles nichts.

Er wollte es irgendwo im Feld verlieren, man würde es finden, und dann war alles wieder in Ordnung. Und er war schon drauf und dran, das zu tun, als er plötzlich stehenblieb und sagte: »Aber im ganzen Leben tu ich's nicht! Wenn der Finder es einschmilzt in einem Tiegel und in Antwerpen für viel Geld verkauft, dann hätte ich es gestohlen, und ein anderer hätte den Nutzen davon! Im ganzen Leben tu ich's nicht!«

Und er kehrte mit der silbernen Madonna wieder um, zur Nethe, über der der Mond aufging.

Er stieg in seinen halbverfaulten Kahn, fuhr eine kleine Strecke flußabwärts bis hinter den Beginenhof und ließ das Bild bei den zwölf flüsternden Pappeln, gerade vor der dritten Pappel, ins Wasser sinken.

»Ich werde es später einmal heraufholen, dann sind wir reich«, sagte er, wie erleichtert und befreit von der Furcht, nun er die Madonna nicht mehr sah und fühlte.

Das Heraussholen später war eine Kleinigkeit für ihn.

Speckzehe konnte nicht das kleinste Stückchen schwimmen, aber was er konnte, das war unter dem Wasser gehen, von einem Ufer zum anderen. Das hatte er oft genug gemacht, früher, als er noch keinen Kahn hatte und beim Fort draußen fischen ging. Um dann heimwärts keinen Umweg über die Brücke machen zu müssen, stieg er einfach ins Wasser, spazierte drunter durch und kam am andern Ufer wieder herauf, bequemer noch, als wenn er durch Nebel gegangen wäre.

Und mit neuem Mut begann Speckzehe, an demselben Platz zu fischen. Er ließ das Netz hinunterrollen und wartete, während er in den Mond blickte.

Und dann zog er es auf. Aber, o ihr Meergötter! Was war denn das? Speckzehe zog und zerrte an dem Netz und kriegte es nicht herauf; es war so schwer, als ob eine ganze Kanone darin läge. Der Kahn kippte fast dabei um.

»Meine Netze! Meine Netze!« rief er, und aus Angst, seine Netze zu verlieren, krampfte er alle Kräfte zusammen, alle Muskeln spannten sich um die zitternden Knochen, die Adern platzten fast, sein dünner Bauch wulstete sich, und er zog und zog; endlich – da glitzerte im Mondschein sein Netz, bis an den Rand gefüllt mit zappelnden, klatschenden Fischen!

Speckzehe schrie auf vor Freude, zitterte auf den Beinen und schöpfte all die Fische in den Kahn, so viele, daß wohl vierzig Pfund von dem Haufen wieder ins Wasser glitschten.

»Träume ich nun oder werde ich verrückt?« lachte Speckzehe.

Toll vor Glück und Gier, aber mehr noch um sich selber zu überzeugen, ließ er das Netz wieder ins Wasser sinken, zog es sofort wieder hoch, und siehe da: von neuem ein Netz voll mit allerhand Fischen! Keine kleinen Krabben, wißt Ihr, sondern feine Ware, Aale wie Schlangen, Hechte wie Schenkel, und Karpfen, die einen Bauer vom Pferd stoßen könnten!

»Jetzt trau ich meinen eigenen Augen«, sagte Speckzehe.

Aber es war kein Platz mehr im Kahn, und es blieb ihm nichts übrig, als das Netz zurücksinken zu lassen.

»Das müssen die zu Hause sehn!«

Er band den Kahn an der Pappel fest, schöpfte als Beweis einen Eimer voll Fische und lief nach Haus, wo er ausgelassen an die Tür polterte.

Frau und Kinder lagen schon im Bett. Seiner Frau, die ans Fenster kam, rief er zu: »Schnell, schnell, einen Handwagen! Ich habe einen ganzen Kahn voll Fische! So was ist noch nicht dagewesen! In einem Zug einen ganzen Kahn voll! Armdicke Aale! Hecht und Barsch und Tarbott! Zum Ausstellen schön! Rasch einen Handwagen! Und es gibt noch mehr Fische da! Die Nethe schwillt davon an!«

Gleich waren die sonst so faulen Jungen fertig, viele Leute aus dem Gäßchen, die der Lärm geweckt hatte, liefen mit nach der Nethe, und Nachtschwärmer, die aus einer Versammlung oder aus den Wirtshäusern kamen, liefen hinter dem rasselnden Handwagen her.

Und da sahen sie es! Ein ganzer Kahn voller Fische, schöne Fische! Und Speckzehe zog mit Hilfe seiner Söhne noch drei volle Netze in die Höhe, bis der Handwagen überlief.

»Morgen kommen wir wieder«, rief Speckzehe. »Und morgen wird der Fisch gleich verkauft! Wir machen Geld wie Heu! Jetzt können wir ein neues Bett kaufen und einen neuen Küchenschrank! Wir können bockspringen über den Fischhaufen wie über einen Heuschober!«

Am andern Tag, nach dem vorteilhaften Verkauf der Fische, waren alle im Haus betrunken wie die Schnapphähne und zogen tanzend hinter einem Harmonikaspieler her, von einer Kneipe in die andere.

In der Dämmerung tutete der Zeitungsverkäufer auf seinem Horn und rief: »Lest die ›Laterne von Antwerpen‹! Der wunderbare Fischfang in der Nethe und der große Diebstahl der silbernen Madonna!«

In der Zeitung stand zu lesen, daß der Herr Verschaeren, genannt Speckzehe, wohnhaft Storchhalsgäßchen Nr. 3, sechshundert Pfund Musterfische in der Nethe gefangen hatte. Und über das Verschwinden der silbernen Madonna wußte das Blatt zu vermelden, daß man den Dieben auf der Spur sei.

Andere Fischer, die gewöhnlich weiter unterhalb an der Nethe saßen und gestern nicht einmal ein Weißfischchen gefangen hatten, versuchten es heute auch einmal bei den zwölf Pappeln, und jeder Zug brachte ein volles Netz!

Die Nachricht von dem Fischwunder lief wie ein Bächlein in alle Häuser. Das ganze Städtchen ging an die Nethe, um zu schauen.

Alles strömte herbei, aus Palästen und Armeleutegassen, und die Deiche waren schwarz von Menschen. Viele rannten nach Hause, um Eimer, Körbe, Bütten und Schiebkarren zu holen. Überall war ein emsiges Fischeschöpfen aus dem Nethewasser bei den zwölf Pappeln, und wer keinen Eimer oder kein anderes Schöpfmittel bei sich hatte, fing die Fische einfach im Hut oder in der Mütze.

Das Sonderbarste an dem Fall war, daß gleich hinter den Pappeln auch kein Schwänzchen Fisch zu fangen war.

Speckzehe, der gehört hatte, daß nun andere an seinem Platz beim Fischen waren, kam mit der ganzen betrunkenen Familie fluchend herbeigetorkelt und wollte jeden Fischenden wegjagen, aber er wurde schlankweg ausgelacht. Das Wasser war für alle da! Und alle miteinander, selbst die Allerreichsten, machten einen Zug, und an diesem Abend und in dieser Nacht und am nächsten Morgen wurden so viele Wasserbewohner gefangen, daß die ganze Stadt nach gebratenem, gekochtem und gedämpftem Fisch roch.

Und als Speckzehe mit seinem vollen Handwagen an die Türen kam, sagte man abwehrend: »Ach lieber Mann, wir brauchen nur zu den zwölf Pappeln zu gehen, dann haben wir eine ganze Bütte voll!«

Er verkaufte nicht einmal für einen Groschen und mußte seinen schönen Fang auf den Abfallhaufen beim Kesselschen Tor tragen.

Am andern Tag las man in den Zeitungen, nun auch in den französischen aus Brüssel und dem Walenland, von dem wunderbaren Fischfang und daß weder in Rupelmonde noch in Duffel, noch in irgendeinem Gewässer neun Stunden in der Runde auch nur ein fingerlanger Fisch zu fangen wäre. Alle Fische wurden angesogen und zusammengebacken bei den zwölf Pappeln.

Am Tag darauf, es war ein Sonntag, gossen die Züge die Menschen aus wie Ameisen. Alle Angelfischer von Limburg bis an die See kamen, um zu sehen und ihr Heil zu versuchen. Journalisten, Schriftsteller, Maler, Photographen, sogar Berichterstatter von ausländischen illustrierten Zeitschriften schrieben, notierten, zeichneten und photographierten, sogar ein Filmoperateur war dabei –, wer könnte das alles schildern!

Und am Montag sah Dries Andijvel, der Turmwächter, gegen Abend, über die ganze Länge der Nethe von beiden Horizonten her überall Kähne und Schiffe heran gerudert, gesegelt und gedampft kommen, denn es waren wahrhaftig sogar kleine Dampfschiffe dabei, die schwarze Rauchwolken über das Land zogen. Aus allen Gegenden kamen sie, aus Antwerpen, Themsche, Mecheln, Turnhout. Bewaffnete Schutzleute mußten eingreifen, und jeder durfte nur der Reihe nach fischen.

Der Gemeinderat wurde zu einer dringlichen Sitzung zusammengerufen, und es wurde eine neue Steuer von zehn Franken auf jeden Zug gelegt. Die Liberalen stimmten dagegen, weil sie die Stadtkasse gerne leer sahen, um das bei den kommenden Wahlen als Kampfmittel zu verwenden.

Der Fischüberfluß dauerte an. Und nun kam man schon mit Wagen und Karren aus Antwerpen. Wechselagenten, ein Bankier und andere Honoratioren steckten die Nasen zusammen –, wieder wurde der Gemeinderat einberufen, und es wurde beschlossen, unter städtischem Schutz und Beistand eine G. m. b. H. zu gründen zur Ausbeutung des Fischfangs in der Nethe bei den zwölf Pappeln.

Die Liberalen rasten, denn nun war die Stadtkasse auf einmal voll, und die beste Propaganda für die Wahl fiel ins Wasser.

Die Leute aus dem Städtchen hatten sich den Fisch zuwider gegessen, aber aus fünf Stadttoren fuhren fortwährend volle Wagen und Karren nach anderen Dörfern.

Speckzehe saß ganze Tage zu Haus in einer Ecke und grübelte. Ach, hätte er doch nur niemand etwas von dem Fischfang gesagt, hätte er doch seiner Frau an dem Abend nicht so laut zugerufen, dann wären sie jetzt so reich, wie das Meer tief ist. Nun war alles zum Teufel!

Plötzlich richtete er sich auf: »Und wenn ich will, ist es mit dieser Fischerei aus! Dann fangen sie keinen Stint mehr!«

»Was?« frug die Frau, die mürrisch war wegen ihrer Armut. Aber er sagte nichts, sank zurück in seine Ecke und schluchzte hinter seinen Händen.

»Du bist verrückt«, sagte die Frau.

Ja, Speckzehe hatte langsam angefangen, zu begreifen, warum da so viele Fische gefangen wurden. Eine Maus knabberte an seinem Gewissen, und er konnte sie nicht wegjagen.

Wie gleich nach dem Diebstahl, drückte ihn auch jetzt noch dieselbe Angst: wenn er sagte, wo das Bild wäre, würde er in Verdacht geraten und ins Kittchen wandern.

Das Bild herausholen und irgendwo anders hinlegen, wo man es finden mußte, das war eine Kleinigkeit, aber der Platz war Tag und Nacht voll von Fischern und Fuhrleuten und anderen Menschen!

Und voller Neid, daß all die schönen Fische ihm noch keinen Soldatenknopf einbrachten, und aus Reue über den Diebstahl betete er stundenlang, daß man die silberne Madonna doch finden möchte! Aber kein Mensch dachte auch nur daran, daß sie da unten im Wasser liegen könne.

Die ganze Welt sprach von dem wunderbaren Fischfang. Das Nethewasser wurde in den Laboratorien untersucht, ob keine besonderen Bestandteile darin zu entdecken wären, Gelehrte schrieben darüber in den Zeitschriften und hielten Vorträge mit Lichtbildern.

Eine Zeitung aus Brüssel ließ auf ihre Kosten einen Taucher kommen, um zu sehen, ob nicht etwas Besonderes in dem Wasser läge, was die Fische anzöge. Als Speckzehe das hörte, tanzte er durch das ganze Haus vor Freude. Nun würde es gefunden werden, und dann war alles wieder gut!

Die Nethedeiche kribbelten von Menschen, als der Taucher mit dem eisernen Ballon überm Kopf ins Wasser stieg. Aber nach fünf Minuten war er wieder oben. »Ich gehe nicht noch mal«, japste er, »ich muß mich durch Mauern von Fischen würgen. Sie pressen mich wie mit Bärentatzen. Das bringt selbst der Seeteufel nicht fertig.« Und mit dem Tauchen war es aus.

»Ich fühle es«, sagte Speckzehe traurig zu sich selber, »ich werde es schon selber tun müssen! Ich hab's hineingelegt, ich muß es auch herausholen, ich tu es aber nicht!«

Der wunderbare Fischfang mit seinem Zulauf von Fremden war ein Segen für die drei Hotels und für die Gasthäuser, die dem gelben Bahnhof gegenüberlagen, und für die Fladen von Sooke van der Musschen. Doch die Fischhändler klagten, schlossen ihre Läden und sahen sich nach einem anderen Beruf um. Der Freitags-Fischmarkt wurde zeitweilig geschlossen. Aber man las auch fast täglich über den Diebstahl der silbernen Madonna. Plötzlich glaubte man, sie in Paris gefunden zu haben; dann wieder wurde erzählt, daß vorüberziehende Zigeuner mit Tanzbären eingeschmolzenes Silber verkauft hätten; später gab es wieder eine Nachricht aus London, die endigte: »Während der Drucklegung dieser Zeilen hofft man, den Täter in den Händen der Polizei zu haben.«

Speckzehe magerte ab.

Der Gemeinderat hielt, während die Liberalen zum Protest fernblieben, eine Sitzung nach der anderen ab, um die neue G. m. b. H. rasch in Tätigkeit treten zu lassen.

Der fromme Pastor vom Beginenhof aber griff zum letzten Hilfsmittel, um das Bild zu finden. Man wollte an neun Tagen hintereinander eine Prozession dreimal um den Beginenhof herumgehen lassen.

Es war eine schöne Prozession, bei der alle Stadtteile mit ihren alten Fahnen, Heiligenbildern und Standarten mitwirkten. Alle Klosterinsassen in der Stadt gingen mit, alle Madonnen aus den Kirchen und Kapellen wurden im Zuge getragen, und alle frommen Leute, die mit in der Prozession einherschritten, hatten auf Rat des Pastors die Madonna aus ihrem Haus in den Armen und eine Kerze in der Hand. Es war rührend anzusehen, dieser Zug von Hunderten von heiligen Jungfrauen, die ihre verlorene Schwester suchten.

Die Prozession war so lang, daß Anfang und Ende sich berührten. Sie zog jeden Tag dreimal um den Beginenhof herum, und jedesmal kam sie an den zwölf Pappeln vorbei, wo fortwährend von hundert Kähnen aus anderen Städten gefischt wurde, für jeden Zug zehn Franken, die die Schutzleute in Empfang nahmen. Es wimmelte von Wagen, die leer ankamen und voll wegfuhren. Aber in diesen Tagen sollte der Vertrag mit der neuen G. m. b. H. unterzeichnet werden, dann würde das alles geregelter vor sich gehen. Man sprach von einer Eisenbahn, von Kränen und Kais.

Speckzehe ging mit in der Prozession und trug eine kleine Gipsfigur von der Mutter Gottes und betete, daß man, aber nicht er, das silberne Bild finden möge. Und jedesmal, wenn er an den zwölf Pappeln vorbeikam, fühlte er einen brennenden Schmerz im Herzen.

Aber er wagte nicht, etwas zu sagen, nicht die leiseste Anspielung zu machen, aus Angst vor dem Gefängnis.

Acht Tage ging die Prozession nun schon ohne Erfolg, und in diesen wenigen Tagen war Speckzehe ganz gebeugt und fast dreimal so alt geworden.

Am neunten Tage wurde der Vertrag mit der neuen G. m. b. H. unterzeichnet, und abends sollte deshalb ein großes Bankett im »Delphin« stattfinden.

Am Nachmittag zog wieder der Edelsteinring der Prozession dreimal um den Beginenhof herum, beim dritten Mal aber stand Speckzehes Gewissen in wilden Flammen. Als er zu den zwölf Pappeln gekommen war, konnte er nicht mehr weiter. Sein Blut war wie Blei. Er preßte den Mund zusammen, aus Angst vor seinen Worten, aber seine Lippen wurden auseinandergedrückt. Mit seiner braunen Hand zeigte er auf die dritte Pappel und rief: »Dort! Dort! Dort! Im Wasser seh ich sie!« Er ließ die Gipsmadonna fallen, schritt vom Deich hinunter und stieg ins Wasser.

Plötzlich war eine gespannte Stille, tausend gereckte Hälse, offene Münder und erstaunte Augen...

Und da stieg langsam die silberne Madonna aus dem

Wasser empor, dann Speckzehes Hände, dann sein feuerrotes Gesicht und dann er ganz und gar.

Ein lauter Jubel krachte los, das ganze Land erschallte. Man zog ihn den Deich hinauf, aber Speckzehe blieb liegen, dreiviertel tot.

Der Pastor kam heran, empfing das Bild, führte es an die Lippen und gab es dem Küster, um Speckzehes Beichte zu hören.

Und während das Volk sich auf den Küster zuwälzte, um die Madonna zu sehen, die er mit dem Taschentuch auf das Kreuz gebunden hatte, das er in die Höhe hielt wie eine silberne Flamme –, während die Menge kniete, beichtete Speckzehe in des Pastors Arm gebettet und erzählte seinen Diebstahl und seine Reue.

Der Pastor vergab ihm seine Sünden, brach ein Stückchen der glorreichen Hostie aus der Monstranz und gab es ihm als Zehrung.

Dann starb Speckzehe, dessen Tat ewig unentdeckt blieb durch das Geheimnis der Beichte.

Und siehe da! Während die Menge dort betete, um die wiedergefundene Madonna herum, während Speckzehe weggetragen wurde, mit einem Taschentuch über dem toten Haupt, zogen die Fischer ihre Netze in die Höhe, und es war nichts darin! Gar nichts! Nicht einmal ein Fischlein, so groß wie diese Schreibfeder!

Die Muttergottes wurde triumphierend durch die Straßen getragen. Und wenn die Leute das Bild gesehen hatten, liefen sie an die Nethe, um die Fischer leere Netze heraufziehen zu sehen. Es war nichts mehr zu sehen, aber gerade dieses Nichts wollten sie nun betrachten.

Am selben Abend zog die liberale »Harmonie« höhnisch vor den »Delphin«, wo die Mitglieder der neuen G. m. b. H. mit wenig Appetit an der Festtafel saßen, und spielte ununterbrochen das Liedchen:

»Alle Fische schwimmen, alle Fische schwimmen,
Nur der kleine Backfisch nicht...«

Am nächsten Tag erschien im Staatsanzeiger der nun ins Wasser gefallene Vertrag der »Gesellschaft mit beschränkter Haftung zur Ausbeutung des Zwölfpappelnnethewasserfischfangs«.

Die ländliche Prozession

Brummend läutete die Glocke in den hellen Sonntag hinein. Und durch die gelbe Allee, die war wie ein Säulengang, durchstochen von den goldenen Meißeln der Herbstsonne, zog in trägem Tanzschritt die kurze Prozession, mit ihren leuchtenden Farben und ihrer bescheidenen Musik: einen Trommler und einem Klarinettisten.

Der hagere Küster schritt voran mit dem hohen Kreuz, und vier Knaben, kleine Pastoren im Meßornat, streckten jeder einen Wimpel in die Höhe, auf dem gestickte Heilige und billige Edelsteine zu glitzern versuchten.

Ein dicker Barfüßermönch in brauner Kutte und ein großer Lümmel in rotem Rock trugen auf den Schultern auf einer Bahre die Statue der heiligen Euphemia, die von einem Bären totgebissen wurde.

Ein Mädchen mit gelockten Haaren, das vor lauter Vorsicht vornübergebeugt ging, steif in ihrem gestärkten weißen Kleidchen, streute aus einem versilberten Körbchen hie und da ein Herbstveilchen oder eine späte Rose. Aber auch die Bäume streuten dann und wann voller Ehrfurcht ein sich drehendes goldenes Blatt über die Prozession, denn es war Ende September, und das Kleid der Bäume war safranrot, getüpfelt mit einem wehmütigen Gold.

Vier alternde Frauen in weißen Musselingewändern, mit blauem Schleier, trugen das schräg überhängende

Standbild vom heiligen Eligius im Bischofsornat, der rot war wie eine geplatzte Feige und durchsponnen von Goldfäden. In der einen Hand hielt er den kleinen Hammer, und in der andern, die verkehrt angesetzt

war, wie von der Gicht verkrampft, trug er ein rotes hölzernes Buch. Dann kam die Muttergottes in blauem Samtmantel, getragen von zwei Bauerntöchtern, die sich gegenseitig mit ihren roten Backen zu übertrumpfen schienen. Der kleine alte Pastor, mit seinem rosigen Kindergesicht, ertrank fast in seiner Hülle aus Goldbrokat, und wie eine Sonne strahlte in seinen Händen das Kleinod der goldenen Monstranz. Ein Chorknabe mit einem dampfenden Weihrauchfaß schritt ihm voraus. Der Zug wurde beschlossen von dem Bürgermeister, dessen schwarzes hölzernes Bein frisch lackiert war, auf dem ratzekahlen Kopf trug er einen neuen achteckig glänzenden Zylinder, und in der Hand hielt er eine erloschene Fackel.

Er betete laut mit dem Hirten, der hinter ihm herhinkte, und ein feuerroter Pilger mit entzündeten Augen kam noch mit eingeknickten Knieen müde nachgeschlichen; er trug einen grauen Mantel und viele Skapuliere und biß schmatzend in einen rotbäckigen Apfel.

Das war die Prozession, wie sie sich mit ihrer kümmerlichen Musik träge und einsam weiterschob gleich einem lebendigen Edelstein, über den gelben Weg, der müde über den Hügeln lag.

Ringsherum war sonntägliche Septemberstille, und es duftete nach langsam welkenden Dingen.

Die Sonne breitete Gardinen von kupferrotem Gold über die Äcker. Die Ernte war eingefahren. Die offenen, viereckigen Stoppelfelder lagen einsam und verlassen da und gaben der Landschaft ein seltsam fremdes Aussehen; sie glich einem, der sich den Bart hat abnchmen lassen.

Im Schoß zweier Hügel, wie zwischen zwei Knieen, lag das Dorf: eine Handvoll bescheidener Hütten um ein kreideweißgekalktes Kirchlein. Ein kleiner Bach, begleitet von einem Pilgerzug knorriger Weiden, zog sein Silberband daran vorbei. Hie und da, wie an den Hügeln geklebt, lag noch ein vergessenes Häuschen oder ein kleines Gehöft, viereckig eingezäunt.

Als sie das Dorf hinter sich hatte, wanderte die Prozession nun an diesen einsamen Wohnstätten entlang, um auch ihnen das gnadenvolle Vorüberziehen der Heiligen und des Gottes im Brote zu schenken.

Vor den Häusern, an denen sie vorbeikamen, standen Tische mit Heiligenbildern und brennenden Kerzen, und Erwachsene und Kinder in Sonntagskleidern sahen aus den Fenstern oder knieten auf der Erde, und die hölzerne Mühle ließ zur Feier des Tages eine Fahne von ihrem stillen Flügelkreuz herunterwehen.

Und so zog sie weiter, die Prozession, mit ihren Farben, mit ihrem Trommeln und Pfeifen, über die Rücken der Hügel.

Aber hinter einer fernen Höhe türmten sich zarte, graue Wolken auf, mit abendblauen Bäuchen, eine ganze Horde, dichtgedrängt, wie Leute, die aus der Kirche kommen.

Der Hirte kannte das und sagte zu dem Pilgersmann, der nun wieder eine weiche, gelbe Birne schmatzte: »Ehe wir nach Hause kommen, sind wir naß wie Mist.«

Der Bürgermeister hatte es gehört, dachte sofort an seinen Hut und humpelte auf den Küster los, um ihm zu sagen, daß er viel schneller gehen müsse, denn es würde bald gießen.

»Dann kann der Pastor nicht nachkommen«, sagte der Küster und blieb tapfer bei seinem trägen Prozessionsschritt.

Ein großer Schatten schob sich über das Land, die Sonne faltete ihre Goldgardinen zusammen, etwas schien ausgelöscht, und ein stumpfer Ton gab der Landschaft ein ruhigeres Aussehen; nur das Kreuz der Mühlenflügel stand noch in heller Klarheit.

Die Prozession zog den Hügel hinauf, hinter dem sich die Wolken anschoben.

Rechts unter ihnen lag das Dorf, und links in der Tiefe war eine weite Aussicht auf Felder, Wälder, Wiesen, Dörfer und Mühlen, hinter denen wie ein Traum eine Stadt in grauem Regen lag. Und die ersten Tropfen fielen. Sie fielen mit einem kurzen Geräusch, und sofort verbreitete sich ein frischer Duft von feuchtgewordener Erde. Einen Augenblick hörte es auf, aber klatsch! Plötzlich war es da mit all seiner Gewalt, mit seinem ganzen milden Überfluß. Im Handumdrehen waren sie alle naß wie die Fische und glänzten und tropften.

Es gab ein tolles Durcheinander. Das Trommeln und Pfeifen hörte auf, die Frauen mit dem heiligen Eligius drehten sich im Kreis herum und wollten von hier nach dort. Es gab ein Schreien und Jammern. Der Regen platschte und fiel in Strahlen wie Lanzen und in Tropfen wie wütende Marmorkugeln. Kein Baum, um sich unterzustellen, keine Höhle, um hineinzukriechen. Und es regnete! regnete, daß es dampfte, und die Kleider wurden ganz verdreckt. Außer dem Pastor, der ruhig, voller Ehrfurcht die heilige Monstranz unter dem Brokat verbarg und rief: »Weitergehen! Laßt es regnen, es ist ja nur Wasser«, und außer dem Küster und dem Mönch standen sie alle da, wie in einem sengenden Feuer. Das Kind schrie wie ein Schweinchen, mit weitaufgerissenem Mund. Seine Korkenzieherlocken hingen ihm ausgereckt, schlapp und tropfend auf die Schultern. Die vier alten Frauen stellten den heiligen Eligius hin, schlugen die Röcke über den Kopf und liefen auf ein Gehöft zu, das etwas abseits lag. Das rotbäckige Zwillingspaar folgte mit schrillem Geschrei ihrem Beispiel. Der Hirt hinkte ihnen nach, und der skapulierbehängte Pilger schleppte sich hinterdrein. Der Bürgermeister, mit einem roten Taschentuch überm Hut, drehte sich erst ein paarmal um sich selber, mit den Armen in der Luft, und wählte dann denselben

Weg; das kleine Mädchen, die Jungens und der Lümmel in rotem Rock begleiteten ihn.

Da stand nun der Pastor mit dem Küster und dem Mönch in dem brausenden, rauschenden Regen.

»Kommt«, sagte er freundlich beruhigend, »es wird noch lange regnen, wir lassen die zwei Statuen ruhig stehen, die können wir doch nicht mitnehmen, aber tragt ihr die Muttergottes.«

Der Barfüßermönch und der Küster trugen das Bild, und gefolgt von dem Pastor zogen auch sie nach dem weißen Gehöft.

Da schimpften die Männer auf den Regen, der Bürgermeister am meisten, der unablässig mit dem Arm über seinen neuen Hut strich. Die Frauen plapperten über ihre verdorbenen Kleider, und die Jungens lachten über das immer noch heulende Mädchen, dessen Haare wie tote Aale vom Kopf herunterhingen.

Man brachte den Pastor und den Mönch und das Bild der Muttergottes in die gute Stube, wo ein Duft von reifen Äpfeln in der Luft hing und große Schüsseln mit Reisbrei unter dem Bett hervorschimmerten.

Dort betete der Pastor mit dem Mönch vor der goldenen Monstranz, die auf dem Tisch erglänzte.

Und draußen regnete es Silber mit lärmendem Rauschen.

Plötzlich und unerwartet sprudelte ein Sonnenstrahl durchs Fenster in die Stube hinein und schlug Funken aus dem goldenen Tabernakel der weißen Hostie.

Jeder blickte auf und wurde wieder froh. Auf einer dunklen, wegziehenden Wolke triumphierte ein klarer Regenbogen; ein Hahn krähte. Der halbe Himmel war schon wieder hell und blau mit einer frischgewaschenen Sonne.

Und dort hinten standen der heilige Eligius und die heilige Euphemia nebeneinander naß und glänzend vom Regen und lächelten mit ihrem hölzernen gemalten Lächeln den Leuten zu, die aus dem Gehöft kamen.

Der Weihnachtsfaun

Fünf Tage lag Stans nun schon in schweren Wehen, und heute, am Weihnachtsabend, war das Kindchen noch nicht da.

Aus sieben Dörfern in der Runde waren alle Großmütter, Wahrsagerinnen, Quacksalberinnen, Hebammen und Betschwestern gekommen, um die Frau zu sehen, die nicht gebären konnte.

Eine, Belle Mastel, war zu Haus geblieben. Sie konnte in den Sternen lesen, und geheimnisvoll lachend hatte sie den Frauen im schwarzen Kapuzenmantel, die dunkel über den weißen Schnee schritten, durch die obere Türöffnung höhnisch nachgerufen: »Hi, hi, hi, geht ihr nur allein, hi, hi, hi!«

Es regnete alte Weiber auf dem Gehöft – sie saßen in dichten Reihen um den flammenden Herd, sie standen auf der Kammertreppe und waren eng aufeinandergepackt in der Stube, wo Stans im Schein einer geweihten Kerze zitternd stöhnte.

Und doch regte sich nichts im Haus, alle die alten Weiber in ihren faltigen Kapuzenmänteln standen und saßen wie aus Stein gemeißelt und warteten auf einen Schrei.

Am Herd betete eine eintönige Stimme den Rosenkranz, die anderen murmelten dumpf mit. Viele blickten aus dem Fenster, das sein viereckiges Auge auf eine ferne Schneelandschaft richtete, in der ein grüner Mondschein Gehöfte und knorrige Weiden sehen ließ.

Man erwartete den großen Arzt, den Stansens Mann aus der Stadt holen sollte. Es war so klar, daß man vom Hause aus sehen konnte, wie die Drei Könige mit ihrem Stern in den »Wasserhof« einzogen.

Vor dem Bett, in dem die aufgeschwollene Frau stöhnte, drängten sich Weiber aus Neugierde und flüsterten manchmal angstvoll vor sich hin.

Da lag Stans. Sie hörte das eintönige Gebetgemurmel der Weiber und sah sie flehend an, als wollte sie sagen: »Betet, daß ich sterben möge!« Was sie fürchtete, wagte sie gar nicht auszudenken. Das war schlimmer als der Tod. Seit jenem leuchtenden Apriltage saß ihr der Schrecken im Leibe, und sie hatte nie gewagt, davon zu reden.

In der Fastenzeit hatte ein magerer Dominikanermönch in einem benachbarten Dorfe gepredigt. Einige Tage war er in der Gegend geblieben, jenseits des großen Waldes; er besuchte Kranke, hörte die Beichte und fand heraus, daß dort unter den Landbewohnern mehr Aberglaube als Glauben herrschte. Man sprach von Gespenstern, Teufeln, Faunen, Wald- und Wassernymphen, Irrlichtern und Klabautermännern, wie von Wetter und Brot.

Alle diese Ungetüme wohnten in den großen Beginenwäldern, wo sie nachts im Mondschein spielten und tags in hohlen Bäumen und Wassertümpeln schliefen.

Täglich kamen Klagen, und der Pater war den ganzen Tag unterwegs, um Ställe und Menschen von den bösen Geistern zu befreien. Die Bevölkerung mußte von dieser Geißel erlöst werden.

In ihrem schwachen Glauben summte noch das Heidentum. Sie lauschten lieber den Geschichten von Faunen und Waldnymphen als der Erzählung von dem duftenden Leben des heiligen Franziskus. Sie verehrten noch Bäume und übten heidnische Gebräuche. Sie hatten mehr Furcht vor den Waldgeistern als vor Gott. Darum wollte der Pater die Waldgeister vernichten, um das Volk zu retten.

Und es zog eine Prozession aus, mit Kerzen, Weihrauch und Fahnen. Sie ging nicht wie sonst durch und um das Dorf herum, sondern geradeswegs in den Wald, in den ewigen Beginenwald hinein, wo die Überreste des Heidentums wohnten und gediehen.

Dort war das Nest des Erdgeistes in all seinen Formen von Faunen, Sylphiden und Nymphen.

»Durch ihre Höhlen wollen wir die glorreiche Flamme des Kreuzes tragen, und der Höllengeist wird weichen«, rief der Pater siegesgewiß.

Niemand fehlte an diesem Morgen, wenn auch eines jeden Herz pupperte vor Schreck. Nur die Kinder und die alten Mütterchen blieben zu Haus, und jeder Wallfahrer hatte sein Brot und Getränk bei sich, denn der Wald war vier Stunden tief.

Mit Gesang und Gebet verschwand der lange Zug in dem schwarzen Wald, in dem der Frühling keimte und neues Leben in die Höhe trieb.

Jenseits der Wälder aber, wo die Nethe floß, kam Stans, als die Sonne rotgoldene Krümel über den ganzen Himmel streute, mit ihrer weißen Ziege vom Bock zurück. Sie schritt am Deich entlang; die Felder lagen ruhig nach dem Ave-Läuten wie Teppiche unter der goldenen Sonne des Himmels, und an der Überseite der Nethe begann mit hohen Toren aus Buchen der dunkle Wald.

Seit zwei Tagen spürte Stans, daß neues Leben in ihrem mageren Leib sich regte. Das würde ihr zweites Kind sein. Das erste war gestorben, und wie sie nun so einsam ging und daran dachte, wie im Winter wieder ein Kindlein kommen würde, da wurde ich weich ums Herz vor süßem Verlagen.

Es fiel ihr auf, daß drüben im Wald, der mit seinen vordersten Bäumen bis in den Fluß reichte, schon eine ganze Weile ein Kreischen und Pfeifen heranrückte. Sie dachte bei diesem Pfeifen an Gespenster und Wehrwölfe, und von plötzlichem Schrecken gepackt ging sie rascher.

Aber zu ihren Füßen bewegte sich das Schilf, und aus dem Wasser stieg ein grüner Männerkopf herauf, der sie begehrlich anlachte. Rasch schlug sie ein Kreuz, zu gleicher Zeit hörte er das Pfeifen im Wald, und aufschreiend, wie von einem Messer getroffen, tauchte die Erscheinung unter.

Stans fing an zu laufen, aber da kletterte eine rosige dicke Frau mit blonden Haaren und einem Fischleib auf den Deich. Die Meerjungfrau! Sie weinte komisch wie ein Säugling. Und da noch eine Meerjungfrau! Diese mit einem Körper wie eine gotische Madonna. Und dort schwimmende Kerle mit gesprenkelter Haut wie Frösche und Wasserfrauen mit grünen, glatten Kindern an der Brust. Alle stießen angstvolle, verzweifelte Schreie aus, als ob etwas Entsetzliches bevorstände.

Stans konnte vor Schrecken keinen Fuß mehr rühren. – Das Geheul kam näher wie der Wind, und drüben aus dem Wald drängte sich auf einmal der vielgestaltige Erdgeist hervor.

Alle Waldgeister, Faunen, Nymphen, Irrlichter, und was sonst noch an wunderbaren Dingen in dem Walde wuchs und wimmelte, wogte wie ein Platzregen in dichten Massen zu Hunderten und Aberhunderten voll Angst und Entsetzen aus dem Wald. Es wühlte und wuselte durcheinander: nacktes zartes Frauenfleisch, haarige Frauen, Hexen in Kapuzenmänteln, Klabautermänner, die kreischend von einem Haupt aufs andere sprangen; Alraune, die sich festklammerten an die Beine der heulenden Flüchtlinge. Der Schrecken machte sie toll, und alles plumpste ohne Überlegung ins Wasser; das Wasser wallte auf –, so weit man sehen konnte, platschte es in der Nethe von Ungeheuern. – Das Wasser schwoll so an davon, daß es über den Deich strömte und um Stansens bleierne Füße in Pfützen stand. Die Hexen ließen sich auf der geblähten Glocke ihrer Mäntel hinübertreiben, andere flogen auf ihren Besen durch die Luft, und ganze Schwärme von kleinen Feen und Ungetümchen hingen an ihren Füßen und Mantelfalten. Die Sylphiden mit ihren durchsichtigen Flügelchen schnurrten haufenweise hinüber. Das weiße Einhorn, dieses schlanke Pferd, versank fast unter dem Gewicht der rosigen Nymphen. Faunen trugen ihre schreienden Kinder auf den Schultern und zwischen den Zähnen. Und die Wassergeister mit ihren Stumpfnasen und glitschigen Froschhänden halfen den Waldgeistern geschickt hinüberschwimmen. Das Wasser schäumte von dem Gezappel und Gedränge, und die Luft wurde von dem gellenden Geschrei zerrissen.

Sobald sie das andere Ufer erreichten, wo Stans stand, purzelten sie den Deich hinunter und liefen ins offene Feld hinein. Jetzt trugen dankbar die Waldgeister die Wasserbewohner, die nicht auf der Erde gehen konnten. Die Menge zog durch die Ebene, quer durch das weiße Dorf, über den Kirchhof und dann in die Heide mit ihren Hügeln und Tannenwäldern hinein.

Dort zitterte noch die Luft von ihrem Kreischen, und das Wasser fand allmählich seine glatte Ruhe wieder, als Stans, die noch wie versteinert dastand, aus dem dunklen Wald Psalmengesang und Schellengeklingel hörte und ein sanfter Wind ihr Weihrauchduft in die Nase trieb. Und dann kam noch ein alter lahmer Faun, aus seinem Winterschlaf geschreckt, aus dem Walde herausgehinkt, und als er übergeschwommen war, blieb er stehen, sah erst mit traurigem Blick nach dem Wald, dann fingen seine Geißenaugen an zu leuchten, wie glühende Kohlen; er erhob die Faust und drohte und rief dem herannahenden Gesang zornig entgegen: »Seit eurer Christus geboren ist, ist das Elend über unser Geschlecht gekommen, als er starb am Holz, ist auch unser großer Vater Pan gestorben; und seit der Zeit sind seine Kinder in den Wäldern gefangen. Ihr habt die Menschen zu unseren Feinden gemacht, sie, die uns liebhatten und mit denen wir vertraut und verbrüdert waren, mit denen wir lachten. Die Plätze an ihrem Herd, wo wir uns im Winter wärmen durften, die Plätze am Tisch, wo wir zur Kirmeszeit zusammen mit den Gästen Brei aßen aus hölzernen Schüsseln, die

Plätze in ihren Weinbergen, wo wir Trauben schmausten und auspreßten, die werden eingenommen von bunten Heiligen. Ihr habt uns verstoßen, in die feuchtkalten Wälder gedrängt, wo wir unsere geliebte Mutter, die Sonne, nur in Streifen und Flecken genießen können. Und jetzt treibt ihr uns mit eurer unsichtbaren Kraft aus unserm Zufluchtsort, wo wir euch nichts zuleide taten, wo wir in Frieden lebten nach unseren Sitten und Gebräuchen! Was soll nun aus uns werden? Was wird aus unseren fröhlichen Kindern?« Die Tränen liefen über sein apfelrotes Gesicht. Und in einem Gefühl von Verzweiflung und Rachsucht riß der alte Faun ein Büschel Gras aus und wollte es über die Nethe schleudern. Doch da sah er die erstarrte, regungslose Stans dastehen. Da war das beste Mittel zur Rache! Und er erhob seine braune gehörnte Stirn stolz und herausfordernd gegen den Wald, als wollte er sagen: »Seht her, was ich tun will!« Triumphierend packte er die unglückliche Stans und rollte mit ihr den Deich hinunter.

Und während der alte Faun durch das Dorf weghinkte, in dem alle Türen ängstlich geschlossen waren, während Stans bewußtlos hinter dem Deich lag, kam das Messingkreuz der Prozession aus dem Walde hervor und strahlte in den letzten goldenen Pfeilen der müden, roten Sonne.

Einige Monate später wurde der Sieg über den Teufel gefeiert und zum Andenken auf dem Nethedeich, wo die Prozession stehengeblieben war, eine Kapelle gebaut, in der die Leidensgeschichte Christi in Bildern dargestellt wurde.

Plötzlich ein kurzer, heftiger Schrei! Die Weiber verschluckten ihre Ave-Marias. Die Kapuzenmäntel schoben sich drängend die Treppe hinauf. Es war da!

Doch in der weißen Stube starb die Mutter mit einem Schrei des Entsetzens; ein markerschütterndes Geheule tönte aus den schwarzen Mänteln, die holterdiepolter die Treppe hinunterdonnerten und voller Schrecken hinaustaumelten. »Der Teufel! der Werwolf!« klang es durch das ganze Haus und durch die stille Luft.

Der Mondschein sah sie weglaufen in das ärmliche Dorf.

Das Haus war leer. Die Frau war tot, und das Kindlein schrie wie ein neugeborenes Zicklein.

Der Mondschein erreichte langsam das Kruzifix auf dem Kamin.

Da fiel durch die offene Tür der dunkle Schatten eines alten Weibleins, krumm gebogen und mit einem Gesicht so gelb und dürr wie eine verschrumpelte Birne. Sie kam aus der Tiefe des Waldes und hörte und sah nur halb. Auf einem langen Stock trug sie einen Stern aus Pappe, und aus der Mantelkapuze kam der eintönige Gesang einer gebrochenen, heiseren Stimme:

Maria wollte nach Bethlehem gehn,
Christabend nach dem Mahle.

Sie wartete wie überall, nachdem sie gesungen hatte, mit ausgestreckter Hand. Doch niemand legte etwas hinein, nur der Mond warf einen silbernen Strahl darauf.

Als das eine Weile gedauert hatte, seufzte sie und fing noch einmal an zu singen.

Dann suchte sie im Haus herum, halb tastend; sie ging die Treppe hinauf, angezogen von dem Kerzenschein, und mit ihren winzigen Äuglein beugte sie sich über die Frau und fühlte, daß sie tot war. Und da lag das Kindchen zappelnd auf dem Bett – sie streckte den Kopf ganz nah heran. So eins hatte sie noch nie gesehen, mit behaarten Beinchen und gespaltenen Hufen an den Füßen. Es schrie so laut und zitterte vor Kälte. Eine schon fast erloschene Zärtlichkeit glimmte in ihr auf, sie steckte es unter ihren Mantel, um es zu erwärmen, und da schwieg es vor Behagen. So stand sie da und wiegte es, wartend bis jemand käme, als plötzlich ein Haufen Frauen von vorhin hereinstürmte, Männer mit Heugabeln und Dreschflegeln, auch die drei Könige dabei, und einer von ihnen trug statt des Sterns ein Jagdgewehr. Eben hatte sie noch von Haus zu Haus das süße Lied gesungen:

> Drei Könige mit ihrem Stern
> Kamen gereiset von fern, von fern,
> Sie suchten überall,
> Das Kindlein in einem Stall,

und nun tobte der Schwarze: »Wo ist die Teufelsbrut, daß ich sie auf mein Messer spieße!« Ein Messer blitzte im Kerzenschein. »Hier, hier!« riefen die Weiber atemlos und suchten unter dem Bett und im Schrank. Sie warfen die alte Frau fast um, und wenn sie auch nicht wußte, was geschehen sein könnte, so hatte doch ihr träger Verstand begriffen, daß man das Kind töten wollte, weil es behaarte Beinchen hatte und Hufe statt kleiner Zehen. Was lag ihr daran! Und während die anderen suchten und alle in die Stube hineindrängten, gelang es ihr, sich unbemerkt hinauszudrücken und auf die Straße zu kommen.

Als sie weit weg war und allein im Schnee und über das Eis der Nethe gegangen war, lachte sie laut auf vor Glück. Nun hatte sie ein Kind! Von ihrer Jugend an war sie verstoßen worden; nie hatte sie einen Liebsten gehabt, und nun sollte ihr erlöschendes Leben noch einmal aufflammen durch das Dasein von einem so niedlichen kleinen Wicht.

Fröhlich zog sie in den Wald hinein, wo ganz tief drinnen ihre zusammengesunkene Hütte stand. Nun brauchte sie nicht einsam zu sterben. Nun erst fühlte sie, wie eintönig ihr Leben gewesen war, aber nun würde es schön und freundlich werden.

In ihrer Hütte hatte sie fast nie einen Menschen gesehen. Niemand würde das Kind hier finden. Fuchs und Eichhörnchen liefen bei ihr ein und aus und fraßen manchmal mit aus ihrem Teller. Gerade jetzt kam jeden Tag eine Füchsin mit Jungen, um Futter zu holen. Ha, die würde das Kindlein schon säugen! Aber die süße Last war zu schwer für ihren ausgemergelten Körper, und um es besser tragen zu können, lehnte sie den Stern gegen einen Baum, und nun kam sie leichter vorwärts durch den vom Mondlicht getigerten und gesprenkelten Wald, vor Freude summend:

Maria wollte nach Bethlehem gehn,
Christabend nach dem Mahle.

Nach sechzehn Jahren war ein tüchtiger Kerl daraus geworden.

Der Wald war seine Welt. Er wußte von der Alten, daß es da draußen noch eine andere Welt gab, die der Menschen. Doch sie hatte ihm diese Welt, aus Angst, er könne hingehen und vielleicht nicht wiederkehren, gleichgültig gemacht, indem sie ihm sagte, daß die Menschen noch häßlicher seien als sie selber. Das erstickte jede aufkeimende Sehnsucht nach der Außenwelt, und er blieb im Wald. Er spielte mit den Füchsen und den Eichhörnchen, trank Vogeleier aus, ahmte den Gesang der Vögel nach und ließ seine Kraft und Lebenslust, manchmal auch wohl seine Langeweile, in sieben nebeneinandergebundenen Schilfrohren summen. Damit brachte er sogar die Alte noch zum Singen. Sie war gut zu ihm, wie eine richtige Mutter, und glücklicherweise war er so groß geworden, daß er sich selber helfen konnte, denn sie war nun ganz blind, und wenn sie eine kleine Schüssel Ziegenmilch trank, dann zitterten ihre Hände so, daß sie die Milch verschüttete.

Sie konnte auch nicht mehr gehen, sie lag auf ihrem Strohsack und verlosch langsam. Nur dann glitt noch ein wenig Licht durch ihren Geist, wenn ihre große knochige Hand über seinen dicken, blonden Haarbusch gleiten, wenn ihre Finger sich um die zwei stumpfen Hörnchen legen konnten, die ihm auf der Stirn gewachsen waren, und wenn sie ihm die zarte, nackte Schulter streicheln durfte.

Sie betete fortwährend Ave-Marias für ihre Seligkeit und sein Glück. Und er war von morgens bis abends draußen, ließ die Nachtigall auf seinem Zeigefinger sitzen, schwamm in dem kleinen dunklen See und brachte Karpfen und Waldbeeren nach Hause.

Im Winter, wenn Schnee lag, schlief er viel, oder er saß am Herd und starrte in die Glut. Dann träumte er, in Ziegenfelle eingehüllt, von seinem Geschlecht, das die Alte noch gekannt und das die Menschen vertrieben hatten.

Weit über das hinaus, was die Alte ihm davon erzählt hatte, malten sich sein Geist und seine Phantasie schöne Bilder aus. Und wie eine Vision sah er die rosigen Frauengestalten mit geschmeidigen Hüften und gesunden Brüsten, die gleitenden, flüchtigen Nymphen, diese sausenden Luftmädchen, und er verlangte und seufzte nach ihnen. Es war das Blut, das in ihm sprach! Das müßte der Himmel sein, dachte er, wo die alte Mutter hingehen würde, wenn sie einmal gestorben wäre... Nun stieg ein neuer Frühling purpurn in die Zweige. Er wußte nicht, was es war, aber ein unbekanntes Etwas ließ ihn zwei Meter hoch in die Luft springen, und als er geschickt auf die Erde niederplumpste, guckte er in die Höhe, um zu sehen, ob er noch oben hing. Er befühlte seine Pulse, es war ein neuer Mensch in ihm, gierig sog er die Luft ein. Er roch Dinge, die ihm sonst nie aufgefallen waren, und als es Abend wurde, spürte er ein süßes Heimweh und wußte doch selber nicht, wonach, und er hatte nicht den Mut, einen Ton auf der Pansflöte zu spielen. Er kam später nach Hause als sonst. Die Alte antwortete nicht. Als er ihre Hand faßte, war sie kalt wie Eis. Er schüttelte sie, rief ihr ins Ohr, sie bewegte sich nicht. Alles an ihr war kalt. Sie hatte es immer gerne warm, und darum hob er sie auf, sie wog nicht mehr als eine Fischgräte, und lehnte sie an die Wand. Er drehte sich um, um ein wenig Milch zu nehmen, aber die Alte fiel steif und schwer wie ein Heubündel vornüber. Er setzte sie wieder hin, und wieder fiel sie um. Das wiederholte sich wohl sechsmal. Sie hatte einmal gesagt, wenn sie sich nicht mehr bewege, dann gehe sie in den Himmel. Er rief ihr ins Ohr: »Du bewegst dich nicht mehr, und wenn du dich nicht mehr bewegst, wie kannst du dann in den Himmel gehen? Oder holen sie dich?« Sie wollte keine Ziegenmilch, und was er ihr zwischen die zusammengepreßten Lippen goß, floß wieder heraus. Er legte sie in ihr Bett und hoffte, daß sie bald wieder aufwachen würde. Zwei Tage drauf war die ganze Hütte so von Gestank erfüllt, daß selbst die offene Tür nicht mehr half.

Er rollte die Alte voller Ekel mit den Hufen hinaus und schaufelte Erde über sie, ganz wenig, damit sie sich noch bewegen könnte, wenn sie etwa wieder aufwachte.

Nun waren die Tage voller Einsamkeit, er war traurig über das wunderliche Gebaren der Alten, aber durch die Traurigkeit drang allmählich eine ungekannte Fröhlichkeit, und eine Sehnsucht zog in hinweg, zum Licht, in die Ferne. Er hüpfte durch den Wald, blies toll und närrisch auf der Pansflöte, brach Zweige ab, schlug und stampfte, stand auf einmal wieder still und reckte mit einem verlangenden Seufzer die Arme aus, daß die Muskeln krachten.

Noch einmal sah er sich nach der Alten um, sie war halb verschwunden und ganz unkenntlich. Nun wußte er, daß sie nie wieder wach werden würde, aber das beanspruchte nicht mehr viel Platz in seinem Herzen. Es geschah etwas gänzlich anderes in ihm, und ein unendliches Verlangen zog ihn aus dem Wald, in die Welt der Menschen.

Da sah er jenseits der Nethe die schöne Haut der grünenden Erde.

Hinter einer silbernen Wolke hervor legte die Sonne ihre goldenen Leitern über die wogenden Äcker; braun und grün lagen sie da, wie aneinandergenäht, von spärlichen weißen rotbedachten Häuschen wie mit Perlen bestreut, und dort um einen Turm, auf dem ein goldener Vogel glitzerte, hockten dieselben Häuschen kameradschaftlich nebeneinander.

Hei, wie war der Himmel hier hoch und das Licht so stark! Er, dessen Auge immer nur auf Baumstämme geblickt hatte, stand nun vor dem Nethetal, verwundert, wie vor der Unendlichkeit, gleich einem, der zum erstenmal das Meer sieht. Alles lag in tiefer Mittagsruhe. Hei, wie schön war diese Welt! Heller, leuchtend-glänzender als der Wald, weiter, tiefer und üppiger von Farbe! Und die Menschen? Er sah keine und wollte gerne welche sehen! Jubelnd vor Freude über all die neue Schönheit warf er sich ins Wasser, schwamm auf dem Rücken über, trug eine Weile den treibenden Wolkenhimmel in den Augen, und am Ufer angekommen folgte er jugendlich-neugierig dem Lauf eines Bächleins, dessen Ränder von Schlüsselblumen wie vergoldet waren. Die erste Wärme streichelte seinen braunen Körper. Er sprang in die Höhe, überschlug sich in der Luft und wollte eben seine Ausgelassenheit auf der Pansflöte austoben, als er plötzlich eins der Bilder vor sich sah, von denen er im Winter beim Holzfeuer geträumt hatte. Dort im flachen Wasser des klaren Baches, hinter den knospenden Zweigen eines Gebüsches, stand ein blutjunges, zartes Mädchen in Einsamkeit und Sonne und badete. Sie schöpfte das kühle Wasser mit der Schale ihrer Hand, brachte es an den vornübergebeugten Hals, ließ es über den ganzen Körper fließen und kicherte dann über die lustige Kühle des Wassers. Am Ufer standen viele Gänse und guckten verwundert zu, und da lag ein Häufchen dünner Kleider.

Das war ein Mensch! Oh! wie hatte die Alte ihn belogen, und wie schön war der Mensch! Oder war es vielleicht auch jemand, der von seinem Geschlecht übriggeblieben war? Das war nun die Frucht seiner Träume! Und in dankbarem Jubel stürzte er darauf los. »Wie schön bist du! Ich hab dich lieb! Komm, geh mit mir! Wir wollen zusammen spielen!« Und voller Entzücken und Glück küßte er sie auf den Mund. Sie schrie auf vor Entsetzen, zappelte, daß das Wasser spritzte, riß sich los aus seinen streichelnden Händen, ergriff ihre Kleider und rannte über die Wiese, umgeben von einer weißen Wolke von schnatternden Gänsen. Er war verwunderte, wußte nicht, was das bedeuten sollte, und lief ihr nach. Dort lag das weiße Dorf, hinter ihr kam der Waldgeist. So wie sie war, wagte sie sich nicht ins Dorf, und doch lief sie weiter, aber er holte sie ein. Sie blieb stehen, und während sie ihre Kleider vor sich hielt, flehte sie mit abwehrend ausgestreckter Hand: »Laß mich nach Hause gehen... ach, tu mir nichts, Teufelchen, liebes Teufelchen, tu mir nichts!« Er stand vor ihr, ein wenig verlegen und erstaunt über ihren Schrekken.

»Du brauchst keine Angst zu haben«, lachte er zutraulich, »ich tu dir nichts. Ich komme aus dem Wald, ich sehe zum erstenmal einen Menschen, aber du bist schön, ich wußte nicht, daß die Menschen so schön sind. Warum fürchtest du dich? Komm, bleib bei mir, von dir hab ich geträumt! Soll ich einmal auf meiner Flöte blasen?«

Kindlich und unverdorben, erfüllt von der Einfalt des Waldes, spielte er sein schönstes Liedchen auf der Pansflöte. Es war wie eine Spieldose voller Nachtigallen, Amseln und Finken.

Sie blickte auf. Er biß sie nicht? Er saugte ihr nicht das Hirn aus dem Kopf? Er lachte und war freundlich, und seine Worte waren wie ein Gesang. Sie betrachtete ihn, während er spielte. Ein langer, sehniger Knabe, vom Nabel abwärts golden behaart über die Bocksbeine bis zu den gespaltenen Hufen, aber der Oberkörper war braun von der Sonne und von einer jugendlichen, frischen Röte, wie die Farbe einer Ohrmuschel, hinter der die Sonne jubelt. So war auch sein junges Gesicht unter dem goldenen Schaum seiner Locken, aus dem die zwei stumpfen Hörner herausguckten. Seine Arme wogten von Muskeln. Die Muskeln spannten sich stramm über seine Brust und lagen wie Kissen über den breiten Schultern. Und seine schmalen, blauen Augen lachten sie glücklich und bewundernd an. Sein Körper war schön und anziehend wie eine Flamme, sein Lied voll Triumph und Entzücken, und seine Augen leuchteten wie Sterne und blickten so dankbar, daß sie ihren Schrecken vergaß und ihn mit offnem Mund voll wachsender Freude anstarrte. Plötzlich sah sie drüben eine seidene Bauernmütze hinter einer Hecke hin und her wandern. Rasch zog sie ihre Röcke an, und aus

Angst, erwischt zu werden, ergriff sie die Flucht. Er lief ihr nach, sie kreischte, da streckte der Bauer den Kopf über die Hecke, sah den Waldgeist und rief ins Haus: »Sensen, Gabeln, die Flinte! der Waldgeist, der Teufel ist hinter Piet Strohs Lieschen her!«

Sie hörte es und rief, ohne sich umzudrehen, ihrem Verfolger zu: »Lauf weg, lauf weg, sie wollen dich totschießen!« Der Bauer und die Knechte aus dem Gehöft kletterten über die Hecke, bewaffnet mit Heugabeln und Beilen und bellenden Hunden.

Er blieb stehn, witterte sofort die Gefahr und fing dann an zu laufen, von den Bauern und ihren Hunden verfolgt. Auf dem Nethedeich hatten die Tiere ihn beinah eingeholt, die Bauern jubelten schon. Aber da verschwand er plötzlich, und als sie an die Nethe kamen, sahen sie nichts, gar nichts als Wasser und Schilf. Aber sie sahen das Schilfrohr nicht, das er im Munde hatte, während er unsichtbar unterm Wasser lag und auf diese Art Atem schöpfte.

Lieschen war stehengeblieben, mit der Hand auf dem Herzen vor Angst, und als sie sah, daß die Bauern zurückkamen ohne ihn, fiel ihr ein schwerer Stein vom Herzen. Er war gerettet!

Das ganze Dorf stand auf dem Kopf. Hinter jedem Baum, an jedem Bach glaubte man den Waldgeist zu sehen, und wenn es dunkelte, wurden alle Türen verriegelt. Wer durchaus nach draußen mußte, nahm zwei, drei bewaffnete Männer mit.

Der Pastor kam zu Piet Stroh, um Lieschen zu verhören, aber die Hauptsache erzählte sie ihm nicht, sprach nicht von dem Bad, nicht von seinem betörenden Lied, noch von seinem sonnigen Fleisch oder seinen bezaubernden Augen. Sie sagte nur, daß er plötzlich aus einem Gebüsch herausgesprungen und sie voller Schrekken fortgelaufen sei.

»Im Haus bleiben, Kind«, sagte der Pastor, »der Teufel lauert dir auf. Ich bin sicher, daß dies das Ungetüm ist, das vor sechzehn Jahren auf dem Keeshof geboren wurde: der Weihnachtsfaun. Wir werden eine Wallfahrt zur Kapelle vom Leiden Christi machen, wir müssen fasten und Buße tun.« Der Pastor erwog mit den Eltern, das Kind ins Kloster zu bringen.

Sie durfte nicht mehr hinaus. Wenn sie nur auf die Schwelle kam, warf die Mutter schon die Arme in die Luft und schrie Mord und Brand.

Es war, als ob ein Wind sie hinaustrieb, sie mußte dagegen ankämpfen und sich manchmal am Tisch festhalten. Wie jemand, der lang in die Sonne gesehen hat, mit geschlossenen Lidern die Sonne auf den Augen fühlt und sieht, so sah sie stets vor sich die helle, durchsonnte Gestalt des Waldgeistes. Der Kuß war wie ein feines Häutchen auf ihren Lippen klebengeblieben, und sie strich mit dem Zeigefinger zärtlich über die Stelle, die er geküßt hatte.

Sie durfte und wollte auch nicht hinaus, aber sie sah aus dem Fenster auf die ewigen Beginenwälder. Da lebte er und sehnte sich nach ihr. Und abends saß sie aufrecht in ihrem Bett und lauschte entzückt, während ihre kleine Schwester schlief. Und der sanfte Wind, beladen mit dem Duft der ersten Kräuter, brachte bis an ihr Fenster das ferne, zarte Klagen von sieben zusammengebundenen Schilfrohren.

Gerührt ließ sie ihr Köpfchen auf die Schulter sinken und schloß die Augen, die feucht waren vor Sehnsucht.

Er hatte seinen Traum in lebendigem Leibe geschaut, er hatte ihn geküßt, und während das Glück in ihm aufwallte, war der Traum weggelaufen, und er hatte ihn seitdem nicht mehr gesehen. Alle Ruhe und Freude war weg. Er schlich über die Felder, lag stundenlang lauernd in einem Graben oder spähte von einem Baum herab, aber sie kam nicht, er sah sie nicht. In welchem von den weißen Häuschen wohnte sie, die das Schönste in seinem schönen Leben war? Er war verzweifelt und schlug mit rasenden Fäusten an die Bäume. Und abends, wenn überall die Lampen ausgelöscht waren, saß er irgendwo unter der Einsamkeit der Sterne und klagte sein Leid auf den willigen Schilfrohren. Aber sie kam nicht, und er wurde traurig und böse. Er fing an, Streiche zu machen, raubte die Hühner, wo er sie auf den Äckern fand, riß Feldfrüchte aus und zertrampelte, was er nur konnte, und manchmal kroch er dicht an ein Haus heran und warf mit hart gekneteten Erdkugeln die Scheiben ein. Er mußte sie haben, und wenn er sie mitten im Dorf den Händen von hundert Männern entreißen sollte.

Und nun säeten und pflügten die Bauern mit einer Flinte über der Schulter. Frauen waren fast nicht mehr zu sehen.

Die Prozession zog nach der Kapelle vom Leiden Christi. Aber weil diese jenseits der Nethe stand, weiß gegen den dunklen Wald, machte der Zug am Wasser halt, und man flehte von hier aus zur Mutter Gottes und ihrem toten Sohn, auf daß die Bedrängnis des Bösen aufhören möge. Der Faun sah sie vom Walde aus;

er sah die bunten Fahnen und die brennenden Kerzen; er sah die Menschen knieen und die Arme ausstrecken nach der Kapelle; er sah die weißgekleideten Jungfrauen mit blauen Schleiern und unter diesen Jungfrauen seine Geliebte mit ihren großen Augen unter dem blonden Haar. Er wußte nicht, was dies alles bedeuten sollte, und dachte auch nicht weiter darüber nach, er sah nur sie, und in ihren großen Augen lag das Heimweh, die Sehnsucht nach dem Wald. Wie drangen ihre Augen suchend in die Tiefe des Waldes, wie um etwas zu finden, was ihr teuer war. Er wollte ins Wasser springen und sie holen, aber die Fuchsmilch, die er in seiner Kindheit eingesogen hatte, gab ihm schlauere Gedanken... Die Prozession zog langsam wieder heimwärts. Kleine Knaben und Priester sangen Psalmen über das keimende Land, und dic Statuen der heiligen Katharina und der Mutter Gottes, die von weißen Jungfrauen getragen wurden, ließen das gemalte Gold ihrer Kleider in der Sonne glitzern.

Und plötzlich fiel aus einem Eichbaum der Waldgeist in die Prozession. Ein fürchterliches Geschrei, ein Auseinanderstieben wie aufgepeitschtes Wasser, und schon eilte der Faun mit einem weißen Mädchen auf den Armen über die Felder davon. Zuerst Bestürzung, dann Wehklagen, und dann liefen alle Männer und viele Frauen hinterher, während die Kinder auf dem Weg stehenblieben und in den Rockfalten ihrer Mütter heulten.

Aber sie holten den Waldgeist nicht ein, er schwamm rechtzeitig über die Nethe und verschwand triumphierend in den düsteren Dom des Waldes.

Aus allen Dörfern, die um die Beginenwälder ihre spitzen Türme in den Himmel hoben, und das waren wohl zwanzig an der Zahl, wurde eine Woche später, zur festgesetzten Stunde, von allen Bauern, Schloßherren und Feldjägern eine Treibjagd abgehalten. Jede Gruppe zog aus ihrem Dorf mit Beilen, Gewehren, Sensen, Heugabeln und Messern bewaffnet, und alle Hunde waren losgelassen. So bildeten sie eine Kette um den ganzen Wald, die sich immer mehr zusammenschnürte. Jeder hohle Baum wurde untersucht, in den Tümpeln wurde mit Heugabeln gewühlt und herumgestochen. Nach vielen Stunden entdeckten einige die Hütte der Alten und ließen sie in Flammen aufgehen.

Und plötzlich sahen sie in einem Sonnenstreifen seinen roten Körper sich bewegen. Er blies ein lustiges Lied auf der Pansflöte, während das Mädchen in ihrem zerrissenen weißen Prozessionskleid auf der Erde sitzend ihn lachend ansah und ein Kränzchen flocht aus den ersten Gänseblumen.

Ein plötzlicher Knall, und im Rücken getroffen sprang der Faun mit einem furchtbaren Geschrei in die Höhe. Er sah sie herankommen, wohl zwanzig Mann, begriff sofort, hob das erschrockene Lieschen auf die Schultern und rannte mit ihr fort, verfolgt von Hunden, von blitzenden Messern und Flintenschüssen, die hallend durch den Wald liefen. Sie sahen noch das weiße Kleid flattern, aber er lief zu schnell, watete durch die Tümpel und war bald hinter den Säulen des Waldes verschwunden.

Und als die Menschenkette nun ganz zusammengezogen dastand, hatten sie ihn nicht. Die Enttäuschung war groß, und entmutigt zog jeder wieder in sein Dorf. Sie hatten nur die eine Hoffnung, daß er sterben würde, denn wo er gestanden hatte, als die Kugel ihn traf, fand man einen handgroßen Flecken Blut.

Als die Dämmerung herabsank, stieg er mit ihr von dem dichtbelaubten Baum herunter, auf den er geklettert war, aber dann konnte er nicht mehr; um ihretwillen hatte er den Schmerz bezwungen, der in seinem Brustkasten wühlte, aber nun war er am Ende seiner Kraft und fiel schlaff auf die Erde. Er war nicht mehr derselbe, sein roter Körper war fahl geworden, das Licht seiner Augen erlosch. Sie schüttelte ihn weinend, versuchte den schweren Körper aufzurichten, benetzte seine Stirn mit kühlem Wasser und rief ihn mit süßen Namen, aber das Lächeln erstarrte auf seinen Zügen, und dann wurde er kälter als die kühle Erde.

Eine ganze lange Nacht lag sie weinend auf seinem regungslosen, steifen Körper, und als der Morgen kam, wußte sie, daß er tot war. Mehr Freude als die paar Tage Spiel mit ihm im Walde hatte sie nie gekannt, das Schlafen auf seiner breiten Schulter, wie auf einem Kissen, das Verspeisen eines Rebhuhns, das er gefangen und über einem Holzfeuer gebraten hatte, das ewig wechselnde Lied der Pansflöte, die Liebe, die Worte, es war ein leuchtendes Fest gewesen. Und schluchzend streute sie dürre Blätter über seinen Leib, küßte noch einmal die kalten, pupurroten Lippen, verbarg den Mund mit Erde und pflanzte zu Häupten des letzten Fauns ein Kreuz aus zwei Stäbchen, mit Bast zusammengebunden.

Dann begann sie sich zu fürchten, fühlte die Stille

und die Einsamkeit und lief auf die Sonne zu, bis sie an die Nethe kam.

Als sie endlich bemerkt wurde, kam das ganze Dorf herangelaufen. Starke Burschen schwammen herüber und brachten sie zu ihren Eltern. Aber wie entsetzt waren alle, als sie schweigend dastand und mit einem Meer von Kummer und Sehnsucht in den großen Augen nach den Beginenwäldern blickte.

»Sie ist närrisch, sie ist närrisch geworden!«

Das blöde Mädchen hütete wieder die Gänse, das war das einzige, wozu sie noch fähig war, und sie führte sie immer an den Nethedeich. Da setzte sie sich hin, den dunklen Wäldern gegenüber, und flocht Kränze aus wilden Blumen, die sie dann, so weit sie konnte, wegwarf nach dem Walde zu, aber ihr Arm war nicht stark genug, um die Kränze ans jenseitige Ufer zu bringen. Sie fielen immer wieder in die Nethe und trieben mit der Strömung des breiten Wassers davon.

Sankt Gommarus

Auf einem alten Bild, das in meinem Gebetbuch liegt, steht er, lang und hager, mit einem knochigen Gesicht, mit schläfrigen Augen und einem runden Mund gleich einer aufgeplatzten Kirsche in dem blonden Lockenbart. Sein roter, mit Hermelin gefütterter Mantel weht von selber, denn es geht kein Wind; die Kniee sind nackt über den kupfernen Beinschienen, und mit den Händen stößt er einen Stab in die Erde, aus der eine Quelle entspringt. Sein Lendenband ist wie eine Schlange um einen Baum gewickelt. Und wie auf allen Heiligenbildern hat er hinter den gelben Locken und der merowingischen Hermelinkappe den goldenen Heiligenschein.

Wie ein Rosenblatt, das jahrelang in einem Buch gelegen hat, noch an die Rose erinnert, so duftet mir aus diesem Bilde sein Leben entgegen.

Schon als er noch klein war und mit seinen Eltern im Schloß zu Nivesdonck an der Nethe wohnte, über dem so viele Reiher schwebten, schon damals spielte er Messe mit Kerzen und Weihrauch an einem kleinen Altar. Jeder dachte, daß er später Mönch werden würde. Aber er wurde ein Ritter, nach dem Wunsche seines Vaters. Er zog an den Hof Pipins des Kleinen, war tapfer im Krieg und fromm im Glauben.

Doch eines Tages fühlte er sein Blut rauschen von Liebe, als er in der dämmrigen Kapelle, wo die Messe gelesen wurde, Pipins Nichte, die schlangenschöne Grimmelda, beten sah. Ihm schien sie eine von den Heiligen aus dem goldenen Mosaikgewölbe, die lang und streng und kalt dastanden, mit braunen Gesichtern und großen, schwarzen Kugelaugen, die in eine andere Welt blickten.

Die Liebe floß wie Honig durch seine Adern, und ohne diese schöne Frau an seiner Seite konnte er sich sein Leben nicht mehr vorstellen.

Pipin, der klein war von Gestalt, aber schnell im Handeln, rief in diesen Tagen seine Ritter auf, um nach den Pyrenäen auszuziehen, wo sie die dunkelfarbigen Haufen der Sarazenen schlagen sollten, die in das geliebte Frankenreich eindringen wollten.

Und Gommarus zog mit, um die Heiden zu bekehren oder zu töten, seinem Herrn ergeben mit der Treue eines Hundes und der heiligen Jungfrau dienend, unter deren Schutz und zu deren Ehre er in den Kampf ging. Er trug in sich das helle Funkeln von Grimmeldas schwarzen Augen, und der goldene Griff seines Schwertes enthielt eine kleine Haarlocke von der Muttergottes.

Behütete ihn sein Schwert, so wollte er sich der Liebe hingeben. »Aber«, so betete er, »laß Du, o Gott, geschehen, was das Beste ist für meine Seligkeit!«

Und darum kämpfte er trotzig und ohne Bedenken auf seinem weißen Pferd gegen die Männer, die dunkler sind als die Nacht. Sein Schwert drehte sich wie ein Mühlenflügel, es mähte die Köpfe ab wie Kornähren, es hackte Leiber mitten durch, daß die goldgeharnischten Mauren in zwei Hälften zu beiden Seiten der schnaubenden Pferde herunterfielen. Sein kupferroter Bart war blutbespritzt, und sein Schwert war wie eine rote Flamme, die den Tod unter die Araber schleuderte.

Sein Kinn schob sich heftig nach vorne, aber seine blauen Augen blieben sanft und schläfrig, als ob sie nicht zu ihm gehörten; er war wie jemand, der fromm in einsamer Stille betet.

Als der Abend blau zwischen den harten Felsen schimmerte, nur die obersten Spitzen noch jubelnd glühten wie Kohlenfeuer, konnte Gommarus auf seinem goldbeschlagenen Elefantenzahn den Sieg verkünden. Sein Leben war entschieden.

Und als er nach vielen Tagereisen wieder an den Hof kam, wo der Freudenwein über die Tische strömte, erbat und erhielt er die Liebe der schönen Grimmelda mit ihren nachtschwarzen Haaren, mit dem blauen Schimmer darüber, wie bei den Raben Wotans.

Der Bischof von Kambryk steckte ihnen den Trauring an den Finger. Pipin der Kleine machte ihn zum Herrn von Rietland an der Nethe, und da nun die Sarazenen über die steilen Pyrenäen zurückgeworfen waren, die Langobarden sich stille verhielten, wie von der Katze belauerte Mäuse, und der Pflug wieder die fruchtbare Erde in saftige Schollen schnitt, so gab er Gommarus Urlaub, um in seine Heimat zu fahren.

Und nach einem langen Fest zog das junge Ehepaar auf ochsenbespannten Wagen in das Land seiner Ahnen. Mönche und Krieger begleiteten den Zug.

Um die lange Fahrt kurzweilig zu gestalten, ließ Gommarus für Grimmelda, die stolz in Schafpelzen dalag, die Mönche vorlesen und die alten Krieger ihre wunderbaren Abenteuer erzählen. Aber Grimmelda schlief dabei ein. Unterwegs, in Nijvel, knieten sie auf dem Grab ihrer Muhme Begga, die im Geruch der Heiligkeit gestorben war.

Da betete Gommarus, daß das schöne Licht der Toten in seiner Frau die goldene Saat der Heiligkeit erblühen lassen möchte.

Endlich erklangen die Kuhhörner.

Dort in dem frischen, sanften Tal lag Nivesdonck und die silberne Nethe mit ihren vielen kleinen Inseln, über der noch immer wie in seiner Jugend die großen Reiher flogen.

Die Sonne stand hoch zwischen weißen Wolken und breitete einen Fächer von milchweißen Sonnenstrahlen über das grüne Land.

Und froh wie ein Kind zeigte er Grimmelda das kleine Schloß, in dem sie nun wohnen sollten. Oh, es würde so herrlich werden!

In dieser ewigen Stille der Wälder, in dem friedlichen Schloß mit seinen dämmerigen Hallen würde ihre Liebe aufblühen wie eine stille, weiße Blume, in die der Glauben seinen klaren Tau tröpfeln würde.

Sie lächelte mitleidig.

Gommarus freute sich, wieder daheim zu sein. Alles war noch so, wie er es verlassen hatte. Und dankbar streiften seine Augen die alten Dinge und die alten Menschen, die nur noch ein wenig älter geworden waren. Das Moos klebte noch in dicken Rissen auf dem Dach von Stall und Scheuer, derselbe Efeu saugte sich noch immer zu dem Türmchen hinauf und hatte es noch nicht erreicht. Die kupfernen Gefäße, die sonnig in der Küche glänzten, die Menschen, der sanfte Pater Theobald, dessen Augen trüber und dessen lange Haare grauer geworden waren, – alles war wie einst. Dann der alte Erik mit dem roten Bart und den demütig blickenden Augen, der die schweren Mühlsteine drehte, zwischen denen das Korn zerrieben wurde, und dort der bucklige, nasenlose Schweinehirt Frik, der ihn früher Lieder spielen gelehrt hatte auf Erlenzweigen und der ihn nun freundlich anlachte und dann verschämt in den Schweinestall kroch.

Aber plötzlich runzelte Gommarus die glatte Stirn.

»Und das gibt es noch in meinem Haus?« fragte er erstaunt und zornig.

Im Kuhstall neben einem Schwalbennest sah er ein Bild von Thor, dem Donnergott. Sofort ging er zu Frik, aber dieser, als ob er wußte, was kommen würde, kroch tiefer in seinen Verschlag und antwortete nicht auf Gommarus' Fragen. Da fand er auch an einem Pfahl ein anderes Götzenbild angenagelt. Die Entrüstung trieb ihm das Blut in die Augen, er packte Frik am Halse, schüttelte ihn hin und her und befahl, die Sachen sofort zu vernichten.

Herr Gommarus ließ sogleich alles Volk von drinnen und draußen, das zu seinem Schloß gehörte, zusammenkommen. Und als die Menschen da standen vor ihrem neuen Herrn, dessen sanftes Angesicht von gestern nun wie Feuer flammte, da zitterten sie. Und als seine dünne Stimme ihnen verbot, bei Strafe von Verbannung und Sklaverei, andere Götter anzubeten oder zu besitzen, als Jesus, den sanften Gott der Liebe, und seine heilige, unbefleckte Mutter, da beugten sie das

Haupt und holten ihre Götzenbilder herbei, damit sie vernichtet würden.

Gommarus beeilte sich, den Vorfall seiner Frau zu erzählen, die gerade erst aufgestanden war. Sie trug ein bronzegrünes Kleid mit orangegelber Stickerei. Sie aß Brot mit getrockneten Datteln und trank Wein aus einem silberbeschlagenen Kuhhorn. Sie war herrlich in ihrer düsteren Schönheit. Sie gähnte, als sie Gommarus sah, und sie gähnte, während er leidenschaftlich erzählte, wie tief man hier noch im Heidentum steckte, und welch erhabene Aufgabe seiner harrte.

Sie aß schweigend weiter und sagte plötzlich verächtlich und abwehrend: »Wasch dir schnell die Hände, sie stinken noch nach dem Schweinehirten.«

Höhnisch ging sie weg und ließ Gommarus ganz verwirrt und ins Herz getroffen stehen.

Wie nach Ungeziefer wurde das ganze Schloß von den Knechten und Mönchen durchsucht, vom Keller bis auf den Boden, von den Hütten der Hörigen bis in die Kaninchenställe. Gommarus war betrübt über die Menge der Götzenbilder und zugleich stolz, daß er so viele davon vernichten konnte. Pater Theobald, der Majordomus, sah zu seiner Bestürzung, wie das Übel, das er erstickt zu haben glaubte, wieder erstanden war, seit seine Augen trübe geworden.

In der Dämmerung, die die Mondsichel brachte, lag auf dem Hof ein ganzer Haufen hölzerner Standbilder von Wotan, Thor, Baldur und Frigga.

Die Hörigen standen drumherum voller Angst, einer Strafe ihres Herrn gewärtig, und zugleich traurig und mit einer düsteren Vorahnung im Herzen wegen der

Bilder, die sie, obgleich sie getauft worden waren und die Messe hörten, doch noch anriefen und als starke Mächte betrachteten, die sich nun rächen würden, weil man sie vom Herd der Hütten und aus den Ställen entfernt hatte. Aber einer war dabei, der sein Bild nicht auf den Haufen legte: der bucklige Schweinehirt. Er hatte die hölzerne Statue mit dem großen Kopf tief unter dem Fußboden des Schweinestalls vergraben, einen Stein darübergelegt und darauf den Zober gestellt, aus dem die Schweine fraßen.

Er konnte es nicht von sich lassen, wagte es nicht und bat die Mutter Gottes, daß man es doch nie finden möchte.

Im Beisein von Gommarus, beim Glanze des Kreuzes und unter dem Psalmodieren der Mönche verbrannte der Haufen von Götzenbildern zu weißer Asche, während Grimmelda drinnen ein Minneliedchen auf der Zither spielte.

Wenn ein Mönch abends aus den Legenden der Heiligen vorlas oder aus dem Evangelium, dann schlief sie dabei ein. Wenn ein übernachtender Pilger erzählte, schlief sie ein. Immer schlief sie ein.

Morgens konnte sie nicht aufstehen für die Messe und blieb liegen, aber Gommarus bemerkte wohl, daß sie nicht schlief; sie horchte. Sie versuchte zu entdekken, ob man nicht etwa Böses über sie redete, um sich dann bissig verteidigen zu können. Sie belauschte hinter den Gardinen die Gespräche, sie horchte an den Stalltüren. Sie sprach nie ein einziges Wort zu den Untergebenen, gab ihren drei Kammerfrauen kurze Befehle, schickte sie dann weg und stickte.

Stundenlang konnte sie an einer Rose riechen.

Gommarus entdeckte, daß in diesem hageren, schlanken Leibe, mit dem nach innen gerichteten Blick, eine starke Sinnlichkeit kochte.

Doch wie auch sein Herz sich zusammenzog vor Enttäuschung, er blieb ruhig, schalt sie nicht um ihres Stolzes, ihrer Falschheit und ihres schlaffen Glaubens willen. Er schwieg und hoffte, daß alles vorübergehen würde, wenn sie erst an die Gegend und an das neue Leben gewöhnt wäre. Und er betete in der Kapelle, daß sie so werden möchte, wie er sie gefühlt hatte, als er sie liebgewann: eine Heilige, die von den Mosaikgewölben herniedergestiegen war. Gommarus versuchte manchmal durch harmlose Nebenfragen herauszubringen, was es war, das sie so sein ließ, aber schlau wich sie ihm aus und schwieg. Sie war, glitschig wie eine Schlange, nicht zu fassen. Er flehte den Himmel an um ein Kind, das so viel Eitelkeit bricht und so viel schöne verborgene und natürliche Liebe emporsteigen läßt. Aber es kam kein Kind, trotz der Messen und der vielen Pfunde von Wachslichtern. Mit der Frau wurde es immer schlimmer.

Wenn die Herren Barone aus der Nachbarschaft kamen, oder wenn Grimmelda und Gommarus sie besuchten, schien sie größer und funkelnder, und sie zitterte vor Wollust beim Anblick der tödlichen Turniere; sie heulte jugendlich-wild auf und ballte die Fäuste, wenn auf der Jagd der Hirsch von den wilden Hunden zerrissen wurde, um nachher im Schloß wieder kalt und still zu sein, nur mit ihren bunten Stickereien beschäftigt. Und Gommarus betete beharrlich weiter, daß seine Frau doch weich und sanft und mütterlich werden möchte. Denn er liebte sie und fand sie schön und glänzend wie der Mond. Sein ganzes Herz verlangte nach ihrem Vertrauen und ihrer Liebe, und sie gab ihm nichts als einen falschen Abglanz von sich selber und ihrer verborgenen Leidenschaft. Er wurde traurig und gütig zu den Geringen, und es wuchs in ihm ein reines Mitleid mit den Menschen. Ihm gingen die Augen auf für das Elend ihres Herzens und die Sünden ihres Fleisches.

Und nun sprach er offen und geradewegs zu seiner Frau. Doch sie schrie gereizt auf und ließ ihn verächtlich stehen. Tagelang saß sie dann schweigend und mit zusammengebissenen Zähnen; niemand wagte, ihr zu nahen. Gommarus ließ sie ihren Trotz austoben, bis er wieder ein Minnelied auf der Zither hörte.

Er wollte ihre Sache nicht aufschieben oder umgehen, er griff durch und begann wieder, mit unerbittlicher Sanftmut über den Glauben zu sprechen und über das Verkehrte ihres Lebens. Und wieder bei ihr dieses gereizte Aufschreien, dieser Trotz und das ruhige Zitherspiel, bis es von neuem in ihr Herz griff. Er wollte seine Frau sanft von Gemüt, und sollte er darüber zusammenbrechen. Aber immer schärfer wurde ihr Haß, immer feuriger ihr Stolz. Es war wie Feuer, das unter Eis glüht und hie und da ausbricht wie ein Krater, wild und blitzartig.

Weil Frik, als er mit Erde nach den Schweinen warf, zufällig ihr Kleid getroffen hatte, schlug sie ihn selber mit einer Rute so heftig ins Gesicht, als ob er in Messer gefallen wäre.

Und nun sah Gommarus ein, daß er allein über diese Seele keine Gewalt haben konnte. Und inniger, schmachtender wurde sein Gebet und bedrückter sein Gemüt. Und er bat Gott, ihm die Buße zu zeigen und aufzuerlegen, durch die er seine Frau von innen erleuchten könnte, denn er liebte sie immer noch und sah in ihr das schönste Geschöpf unter den Menschen, und er wollte, daß sie in Wahrheit seine Frau sein sollte, ihr Herz gewurzelt in dem seinen.

Da regte sich plötzlich wieder der Krieg: die Mauren in Spanien, die Langobarden in Italien und die Sachsen hinter dem Rhein rückten wieder an und bedrohten das Land und den Glauben. Darin sah Gommarus ein Zeichen, das ihn rief. Er mußte sein Opfer bringen, das war seine Buße, um in seiner Frau, die er so schön fand und so liebhatte, den perlenreinen Glauben zu wecken.

In der Überzeugung, daß er bei seiner Rückkehr eine geläuterte Frau vorfinden würde, zog er in den Krieg mit seinen Mannen.

Neun Jahre blieb er fort, kämpfend in dem blauen Italien. Als er wiederkam, war sein kupferroter Bart fast weiß geworden. Furchen waren in seine Stirn gegraben und Krähenfüße um die sanften, blauen Schlafaugen, aber um sein Herz war ein leuchtender Kranz von Glück.

In den wächsernen Briefen, die er während des Krieges von seiner Frau bekommen hatte, sah er sein Liebesverlangen verwirklicht. Gott hatte ihn erhört, seine Frau war geworden zu einem Gefäß voller Frömmigkeit und Barmherzigkeit!

Aber ihm war, als ob sein Blut zu kaltem Blei werden

wollte, als er nach neun Jahren die Felder sah, wo an Stelle der behäbigen, sabbernden Ochsen Menschen, kahl geschoren wie Sklaven, den Pflug und den Wagen zogen.

Sofort erkannten sie ihn, und die zuschanden geprügelten Leute kamen von den Feldern, aus Hütten und Ställen herbeigelaufen, umschlangen seine Knie und küßten seinen Mantel. Und nun hörte er, wie Grimmelda, seitdem er das Schloß verlassen hatte, alle diese Menschen gemartert, gequält und elend gemacht hatte.

Er sah sie wieder; sie schlief neben ihrer Zither in der Halle.

Aber all das Böse, was früher verborgen in ihrem schlanken Körper gesteckt hatte, war ihr nun sichtbar ins Fleisch gedrungen, bis in die Fingerspitzen.

Er sah sie wieder. Statt bläulich mager, von göttlicher Liebe durchleuchtet, war sie gewaltig dick, aufgeschwemmt und schwabbelig geworden, mit einem dreifachen Kinn, Breiarmen und Haaren im Gesicht. Sie war wie ein Mann in Frauenkleidern.

Gommarus wurde fast versengt vor Entrüstung! Nun sah er, nun wußte er und sprach es auch aus, daß er nicht zu leiden hatte, um sie gut zu machen, sondern daß sie selber mit Traurigkeit überladen werden mußte, um eine schöne Seele zu bekommen. Seine Wut knatterte in scharfen Worten auf sie los, wie ein Regen von Pfeilen, er stand wie in Flammen, und ihr frecher Stolz konnte nicht dagegen an, sie brach zusammen unter seiner Wut und bat ihn auf den Knien um Verzeihung.

Aber er wollte sie ganz und gar erniedrigen.

Im Obstgarten bei Fackellicht ließ er für das gequälte

Volk ein großes Fest richten, wo zweihundert Menschen sich riesige buttergebräunte Braten, gutgelagerte Biere und edle Weine schmecken ließen; und sie mußte mit an der Tafel der Armen sitzen und ihren Stolz zerbrechen, indem sie zu Ehren des geringen Volkes ihren Becher leerte.

Noch hatte Gommarus sie lieb, trotz ihrer Fülle. Ihre schwarzen Augen hatten noch immer die lockende Kraft der Liebe. Ihr Stolz war äußerlich gebrochen, aber nun trieb sie der Sündensaft ihres Körpers um so mehr zu neuen Lastern.

Mit jedem Tag ließ sie es Gommarus deutlicher fühlen. Nun wurde sie gemein und beschämte ihn mutwillig, indem sie mit den Knechten und den Hörigen und den Mägden zu vertraulich umging. Sie spielte und trank, arbeitete und prügelte sich sogar mit ihnen.

Wenn Gommarus sie ermahnte, sagte sie stets: »Du hast es selber so gewollt!«

Und immer noch wollte er sie sehen im Lichte der Barmherzigkeit, und wie einer, der vor Durst Pfützenwasser trinkt, das voller Schmutz ist, und den Schmutz erst entfernen will, so nahm er sich vor, um sein Ziel zu erreichen, eine Wallfahrt nach Rom zu tun, zu den Gräbern der Heiligen, Petrus und Paulus.

Verschiedene Herren aus der Nachbarschaft würden mitgehen, und sie wollten zu Nivesdonck zusammenkommen, wo jetzt die Stadt Lier zusammengetröpfelt daliegt.

Gommarus war mit seinen Leuten zuerst angekommen und schlug die Zelte auf für die Nacht.

Es war im Mai, da die Bäume in Blüte stehen.

Einer der Krieger hatte aus Soldatenübermut im Obstgarten eines Bauern einen schönen, weißrosig blühenden Apfelbaum umgehackt.

Der Bauer kam zu Gommarus, um ihm seinen Kummer und seine Not zu klagen, und Gommarus versprach, ihm volle Genugtuung zu verschaffen.

Es war tiefe Nacht, der Mond stand wie ein blinkender Schild am reinen Maihimmel, die Krieger schliefen, und von einer himmlischen Eingebung getrieben, setzte Gommarus eigenhändig im Beisein des Bauern den abgehackten Stamm auf den Strunk, schlang seinen Gürtelriemen darum, und der schon verwelkte Baum erblühte aufs neue mit üppigen, rosigweißen Blüten, frisch und duftend im Mondschein.

Da erschien plötzlich über dem Apfelbaum eine Taube aus weißem Feuer, die mit singender Stimme zu ihm sprach: daß er nicht nach Rom gehen solle, daß Gott überall gegenwärtig sei, daß er dagegen in Nivesdonck auf einer der kleinen Netheinseln eine Kapelle bauen sollte und sich dahin zurückziehen im Geiste Jesu Christi.

Gommarus dankte mit einem herrlichen Gebet, und zu gleicher Zeit fiel alles Verlangen, alle Hinneigung zu seiner Frau für immer von ihm ab, wie im Oktober die Blätter von den Bäumen fallen.

Nun erkannte er seinen eigentlichen Beruf, der war nicht bei der Frau, sondern auf den strahlenden Höhen des Geistes.

Er war wie überströmt von einem guten Salböl, und während die anderen nach Rom zogen, begann er eifrig die Kapelle zu bauen.

Die Sünden seiner Frau hatten ihn heilig gemacht, und ganze Tage war er hier in der Einsamkeit, wie aufgelöst im Geist des Herrn. Nur ab und zu, wenn er durch Eingebung dazu veranlaßt wurde, ging er nach Emblehem, eine halbe Stunde entfernt von seinem Ort, um zu seinen Untertanen über den Himmel zu reden, sie in ihrem Schicksal zu trösten und seiner Frau die strengsten Verweise zu geben. Denn jetzt, da sie wieder allein war, ließ sie ihrem bösen Herzen vollen Lauf, wohl nicht mehr so übermütig, aber um so heimlicher und boshafter und doppelt so verletzend, und wenn sich ihr eine Gelegenheit bot, auch wieder mit einer niedrigen Frechheit.

Die heiße Sommersonne hatte die Nethe ausgetrocknet. Sie hing sengend über den Häuptern der Mäher, die Grimmelda von einem überdeckten Wagen aus bewachte.

Der Schweiß tropfte von ihren Leibern, der Durst verbrannte ihre Kehlen, voller Angst arbeiteten sie weiter, aber sie konnten es nicht mehr aushalten, gingen zu ihr und baten, sich im Schloß etwas zu trinken holen zu dürfen.

»Dann haben die Tiere kein Wasser mehr«, sagte sie kurz, wies sie zurück mit ihrer dicken Hand und trank herausfordernd ihren duftenden, kühlen Wein. Die Leute warfen sich vor ihren Wagen auf die Knie und flehten mit erhobenen Händen. Sie schlug sie mit der Peitsche auseinander, als gerade Gommarus in seinen armseligen grauen Kleidern aus dem Erlengebüsch hervortrat. Da fielen die Leute ihm zu Füßen und küßten die Erde, über die er geschritten war, und baten ihn, der abgehackte Bäume wieder aneinanderwachsen ließ, um einen Schluck Wasser.

Gommarus bohrte seinen Wanderstab in die Erde, und eine Quelle von frischem, klaren Wasser sprang in die Höhe. Die Leute hielten jubelnd die Hände und die Hüte darunter und erquickten sich gierig.

Am selben Tag wurde die dicke Grimmelda gepeinigt von einem rasenden Durst, und alles Wasser, das sie schluckte, all der Wein, den sie in sich goß, war wie kochendes Fett in ihren Eingeweiden. Sie kringelte, drehte und wälzte sich vor Schmerzen, die nur durch Gommarus' Gebete vorübergingen.

Eine stumme Verwirrung, eine bleierne Stille kam nun über sie und eine heftige Angst. Sie versteckte sich in ihren Gemächern, um dann plötzlich wieder wie gejagt in die Wälder zu laufen, als suchte sie etwas, was sie dort verloren hatte.

Lang blieb sie nicht mehr am Leben. Im Winter, als sie wieder einmal von einer solchen innerlichen Unrast herumgewirbelt wurde, brach sie in die zugefrorene Nethe ein. Eine Eisscholle schnitt ihr das Haupt von dem dicken Körper, und der Kopf tanzte weiter auf dem glatten Eis und heulte um Vergebung für all das Böse, das sie in ihrem Leben getan hatte.

Und Gommarus wurde ein alter Mann.

Er tat noch viele Wunder in der Gegend, und ganze Scharen von Mühseligen und Beladenen kamen zu ihm und fanden bei ihm Trost und Erleuchtung.

Während er mit Sankt Remoldus von Mecheln, dem er entgegengegangen war, nahe bei Düffel über den Himmel sprach, begannen ihre Wanderstäbe, die sie in die Erde gesteckt hatten, viele schöne Blüten zu treiben.

Er starb, als er das achtzigste Lebensjahr erreicht hatte, grau und langbärtig, aber im Herzen ein Kind, auf seinem Schloß, wo er krank geworden war während eines Besuchs bei seiner Muhme, die nun dort wohnte.

Die Verwandten, der Bischof und alle Edelleute der Gegend waren zu seinem Begräbnis gekommen, die meisten zu Schiff, da die überschwemmte Nethe die Wege ungangbar gemachte hatte.

Die Messe war vorüber, das Grab in der Kapelle geöffnet. Der Bischof sang das Requiem, und der Totengräber hielt schon den Spaten bereit, als eine Frau hereingestürzt kam, die in mehreren nächtlichen Visionen eine Stimme gehört hatte, die ihr befahl, dem Bischof zu sagen, Gommarus wolle in seiner Kapelle zu Nivesdonck begraben sein.

Man glaubte ihr und wollte den Sarg auf eine der Barken tragen, aber da konnte man ihn auch nicht mit zwanzig Mann hochheben!

Er war wie an die Erde geschraubt.

Der Bischof glaubte schon ein Zeichen darin zu sehen, daß die Frau dummes Zeug geschwatzt habe, als Frik, der neunzigjährige, nasenlose Schweinehirt heranstolperte und den Sarg wie eine Feder aufhob und auf die erste Barke trug.

Und kaum war Frik wieder am Ufer, da schoß die Barke auch schon davon gegen den Strom, ohne Ruder und Steuermann in der Richtung nach Nivesdonck.

Der Bischof und die Mönche und Edelleute eilten auf die andern Barken, ließen die Ruderer schuften und schwitzen, und nur mit Mühe konnte der bunte Zug, mit geblähten Segeln, mit Kerzenlicht, Weihrauch und Psalmengesang der Barke folgen, auf der die duftende Leiche des Heiligen lag.

Ganz weit, dort auf dem grauen Wasser, trieb sie hin, und die Sonne stach durch ein kleines Loch im geschlossenen Himmel einen Sonnenpfriem darauf, folgte dem Schiff, stieß es sozusagen vorwärts und beleuchtete den Sarg mit goldenem Licht.

Und ich lege das alte Bild wieder in das lederne Gebetbuch mit den silbernen Schlössern.

Die Sargprozession

Peter Lärm hatte im Winter – damals wohnte er in Borgerhout, jetzt im Sankt-Andreasviertel – gelobt, wenn sein Röschen das Scharlachfieber überstehen würde, zu Fuß eine Wallfahrt nach Scherpenheuvel zu machen, um dort vor dem wundertätigen Marienbild die goldenen Ohrringe seiner verstorbenen Frau und zehn Franken zu opfern.

Das Kind wurde gesund. Peter war fest überzeugt, daß nur sein Gelübde das so glatt bewirkt hatte. Und bald spielte die Kleine wieder auf der Straße, in dem kinderreichen, lärmenden Viertel.

Der Mai, der Marienmonat, kam mit seinen langen Tagen und blauen Himmeln, und Wallfahrten gingen nach den heiligen Orten wie Averbode, Scherpenheuvel, Edeghem, Lisp und überallhin, wo ein bekanntes Marienbild anzurufen und zu verehren war.

Peter Lärm hatte sein Gelübde vergessen.

Er schmierte nur den ganzen Tag mit Pech an den Schuhen herum in seiner kleinen Stube, hinter den roten Pelargonien und purpurnen Fuchsien, die vor dem offenen Fenster standen. Er mußte tüchtig arbeiten, um seine vier Kinder erziehen zu können. Zum Heiraten hatte er keine Lust mehr, seine Frau war zwei Jahre ununterbrochen krank gewesen. Er hatte es nun satt bekommen, es hing ihm zum Halse heraus.

Ab und zu machte er eine Pause, um sich nach seinen Brieftauben umzusehen und seine Blumen am Fenster zu versorgen, und sonntags und montags wurde von morgens bis abends Karten gespielt in den Kneipen oder auf seiner Türschwelle. Im Schafskopf konnte sich keiner mit ihm messen. Er liebte seine Kinder zu sehr, um sie irgendwie zu kurz kommen zu lassen, und so geschah es selten, daß er sich einmal ordentlich rund essen konnte. Aber bei besonderen Anlässen, zum Beispiel am Sankt-Crispinstag, da brauchte er vor niemand zurückzustehen und verspeiste sein Kaninchen und vier Pfund Kartoffeln dazu, als ob es gar nichts wäre.

Aber Peter Lärm hatte sein Gelübde vergessen.

Doch eines Montags kam sein Töchterchen mit einem Papierfähnchen aus Scherpenheuvel hereingetanzt.

Peter war ganz betroffen.

»Wo hast du das her?«

»Wir sind von der Musik von der Prozession von Scherpenheuvel hergelaufen, und ich hab' das Fähnchen von einem Herrn Pastor bekommen.«

Peter dachte an sein Gelübde.

Es blieb ihm nur noch ein Sonntag im Mai, um mit einer Prozession nach Scherpenheuvel zu gehen. Er konnte zwar auch allein gehen, später im Juni, aber allein war eben allein, zehn Stunden zu Fuß von Antwerpen! Plaudernd und schwatzend war das gar nichts, aber so zehn Stunden ohne den Mund aufzumachen, nein, das war gut für eine Taubstummenwallfahrt!

Sollte er's vielleicht verschieben bis zum nächsten Jahr? Aber wenn Röschen dann im Winter wieder krank wurde? Denn Peter war durchaus nicht abergläubisch, außer wenn es um Tod und Krankheit ging.

Die Frage war, ob nun am Sonntag noch eine Prozession ging, sonst konnte er's nur alleine abklappern.

Am selben Abend noch ging er zu Mariechen Mumbol, einem alten Weiblein, das auf Bestellung Gebete sprach, ganze Tage in der Kirche saß und über Messen, Nonen, Oktaven, Heiligentage und Wallfahrten genau Bescheid wußte. Von dieser Frau erfuhr er für einen halben Groschen, daß am kommenden Sonntag die Sargprozession von Antwerpen nach Scherpenheuvel ging; es war die letzte in diesem Monat und in diesem Jahr.

Er sollte nur um drei Uhr morgens an der Sankt-Andreaskirche sein und sich ohne weiteres den Wallfahrern anschließen.

Und ohne mehr zu wissen oder zu fragen oder darüber nachzudenken, was denn die Sargprozession eigentlich sei, tat er am Sonntag, wie sie gesagt hatte.

Es war vier Uhr morgens, die Straßen waren noch leer und viereckig, einsam und still, und die Häuser wie steinerne Masken, als sich die Prozession in Bewegung setzte.

Voran schritt ein Unterküster mit dem Kreuz, zwei Chorknaben mit Kerzen folgten, und dann kam die Musik, ein paar schnell zusammengetrommelte Männer, die am nächsten Tag wieder zum Tanz aufspielen würden. Sie bliesen einen langsamen, leichten Marsch, den der Küster von Berlaer gemacht hatte, und dessen Worte von den Hunderten Wallfahrer mitgesungen wurden.

Zu Lourdes auf den Bergen
Erschien in einer Grott
Voll Reichtum und im Glanze
Die Mutter von Gott.
Ave, Ave, Ave,
Ave Maria.

Peter ging zwischen zwei Frauen dicht hinter der Musik und summte verlegen das Lied mit.

Jeder hatte ein Körbchen oder ein Eimerchen bei sich, gut gefüllt mit Speise und Trank.

Nach dem Singen betete man Ave-Marias, die der Pastor selber vorsprach.

Als man eben die große Stadt durch das Berchemsche Tor verlassen hatte, stand drüben über der milchweiß verschleierten, frischen Landschaft die große, orangegelbe Sonne, so daß man gleich die Hand vor die Augen halten mußte...

Jetzt gingen sie im Schatten von zwei hohen Baumreihen, und die launischen Sonnenflecke, die durch die Maschen des Laubes fielen und über die Köpfe und die Leiber hintanzten, machten die Augen blöde.

Zwischen zwei Ave-Marias hinein sagte die Frau, die rechts von Peter ging, nach einem schweren Seufzer:

»Ich bin mal neugierig, wer diesmal sterben wird!«

»Wieso sterben?« fragte Peter.

»Na ja, auf dieser Wallfahrt stirbt doch immer jemand.«

»Ich verstehe Sie nicht«, sagte Peter, holte tief Atem und riß die Augen auf vor Schreck, denn mit dem Tod wollte er nichts zu tun haben.

»Ja, wissen Sie denn nicht, daß dies die Sargprozession ist?... Drehen Sie sich mal um, dann können Sie den Sarg sehen, der von zwei Männern getragen wird.«

Peter drehte sich um, und so auf den Zehen weitergehend, konnte er die Hunderte von wogenden Häuptern übersehen, und in der Tat, vor der gelben Postkutsche sah er einen weißen Sarg über den dunklen Leuten schwanken.

»Und wozu ist der?« fragte Peter mit vor Schreck zusammengeschnürter Kehle.

»Nun, das will ich Ihnen in aller Kürze erklären«, sagte die Frau, aber sie erklärte es ihm in aller Länge: wie seit vielen Jahren jedesmal auf dieser Wallfahrt jemand gestorben war, und als man nun anfing zu begreifen, daß das so sein mußte und nicht mehr anders sein konnte, da hatte man seit einigen Jahren auch gleich einen Sarg mitgenommen, um den Toten bequemer wieder nach Hause zu bringen.

»Und warum geht Ihr denn mit, und warum gehen

die andern mit?« fragte Peter, und ihm wurde ganz schauerlich zumute.

»Wegen dem großen Verdienst«, sagte die Frau, »es ist doch viel verdienstlicher, in einer Prozession mitzugehen, bei der jemand sterben muß, sei es nun ich oder Sie oder ein anderer, als in einer gewöhnlichen anderen Prozession.«

»Ja, da ist mehr Verdienst dabei«, dachte Peter, aber er sagte es nicht. Um seine Nerven zu beruhigen, schob er sich einen saftigen Priem zwischen die Kiefer und fing an, über diese Prozession mit ihrem Toten voller Todesangst nachzudenken, beginnend mit: »Wenn ich das gewußt hätte, wär ich in einer andern Prozession mitgegangen; denn dieser Tod kann mich ebensogut treffen wie jeden anderen auch«, und endigend mit, »dann gehe ich eben alleine. Ich hab doch nicht gelobt, daß man mich zwischen vier Brettern nach Hause tragen darf. Ich habe gelobt, die Wallfahrt zu Fuß zu machen«, er legte besonderen Nachdruck auf das »zu Fuß« und fügte hinzu »und zu Fuß zurückzukehren!... ich halte mich an mein Gelübde, ich mache alles zu Fuß!« Und als man durch Lier kam, sagte er zu der Frau: »Ich hole mir schnell ein paar Fladen und komme dann gleich nach.«

Aber er stellte sich nur an das Schaufenster einer Fladenbäckerei, bis alle Wallfahrer vorbei waren. Er ließ die Prozession ruhig weiterziehen, und als sie über die hohe Brücke verschwunden war, sagte er: »Ich werde noch ein halbes Stündchen warten, sonst hol ich sie wieder ein.« Er wollte einen großen Abstand zwischen sich und die Prozession legen, wie um den unsichtbaren

Mächten recht deutlich zu zeigen, daß er nicht dazugehöre, damit sie nicht aus Versehen ihn in den Sarg steckten. »Ich habe mit der Prozession nichts, gar nichts zu tun«, sagte er entschlossen, und um sich in der halben Stunde nicht zu langweilen, begab er sich in das Gasthaus »Zur fröhlichen Einkehr«. Da spielte man gerade Karten, und sofort stand er dabei und sah zu, mit dem Schoppen in der Hand. Er vergaß die Wallfahrt, ging auf im Kartenspiel, gab Ratschläge nach jeder Partie, so daß die Männer alle dachten: das muß ein ausgezeichneter Spieler sein, und als derjenige, der am meisten verlor, aufstand, bekam er dessen Platz, und nun wurde Karten gespielt, ernsthaft, feierlich, nachdenklich und still, bis am Ende des Spieles alle erstaunt auffuhren und Zuschauer und Spieler um die Wette schrien, daß das ganze Haus davon tönte wie ein gläserner Römer.

Andere Spieler kamen hinzu, man holte die besten herbei, aber Peter gewann, gewann fast ununterbrochen, und alle mußten ihn loben und preisen. Peter bekam einen roten Kopf von all dem Ruhm und dem vielen Bier. Höhere Summen wurden eingesetzt, und jeder spielte mit pochendem Herzen und weißer Nase vor Aufregung. Die Männer standen in einem dichten, dicken Kreis um den Spieltisch herum, mit dem Schoppen in der Hand. Sie vergaßen ihr Bier und die Sonntagszigarre.

Frauen kamen und wollten die Männer zum Essen holen, aber diese schnauzten sie weg, oder aber die Frauen guckten auch zu und vergaßen ebenfalls das Essen.

So wurde es ein Uhr nachmittags, und nur durch den Ruf: »Die Tauben sind da! sie sind da! Bei Jeffken und Ludwig und Therese an der Ecke sind die Weißschwänze eingeflogen!« gab es Luft, und das Kartenspiel ließ nach.

Peter hatte einen dicken Sack voll Geld, er gab ein paar Runden aus für die Hocker, die noch da waren, aber der viele Alkohol stieg ihm wie Ofenwärme ins Gehirn, und die Gedanken begannen sich zu drehen und zu tanzen. Um drei Uhr ging er mit einknickenden Bierbeinen hinaus und sang, während er sich mit der Hand an den Häusern festhielt:

Zu Lourdes auf den Bergen
Erschien in einer Grott...

und in der Meinung, das er auf Scherpenheuvel zuging, schlug er die Richtung nach Antwerpen ein; er hoffte, bald irgendwo gut essen zu können und heute abend noch in Scherpenheuvel zu landen.

Die Prozession war gut angekommen an dem heiligen Ort. Es war noch niemand gestorben. Und morgens nach der Messe und der Kommunion, und nachdem man für die Kinder eine kleine Trompete, eine Fahne, Plätzchen und Bilderchen gekauft hatte, verließ man die runden Hügel wieder, die blau und lang und geschmeidig um Scherpenheuvel herumliegen.

Die Musik ertönte, und die Rosenkränze klapperten, und die Angst setzte sich auf alle Herzen. Nun würde bald jemand sterben, und jeder dachte: »Vielleicht bin ich's!« Und sie beteten, daß sie es nicht sein möchten, und daß ein anderer sterben möge. Und die vorne gingen, wendeten den Kopf, um zu entdecken, ob da hinten noch kein Toter war, und die hinten gingen, reckten die Hälse, um zu sehen, ob da vorne noch keinem das Lebenslicht ausgeblasen war, und die in der Mitte gingen, blickten nach hinten und nach vorne. Und lauter, flehender und klagender wurden die Gebete, daß doch niemand sterben möchte.

Wie eine unsichtbare Wolke hing der Tod über ihnen und zielte nach dem, den er haben wollte, und alle Herzen zogen sich vor Angst zusammen und waren nicht größer mehr als eine kleine Bohne. Man sah den Schrecken weiß auf den Gesichtern, und man beeilte sich, um so rasch wie möglich nach Hause zu kommen. Das half wohl nicht viel, aber es wurde doch die Todesmöglichkeit dadurch ein wenig verkleinert. Man kam durch Aerschot. Nicht zweimal unter zehn Wallfahrten war man hier ohne einen Toten durchgekommen.

Rikus, der Küster mit dem Hühnerkopf, auf dem eine einzige Haarfeder wehte, der die Prozession leitete und alles einrichtete mit den Messen, dem Essen und Übernachten, lief in seinem schwarzen, engen Schoßrock hastig vom Kopf nach dem Schwanz und fragte immer wieder ängstlich: »Niemand krank? Niemand unpäßlich? Ach, wenn wir doch einmal keinen Toten hätten!« Er selber dachte nicht daran, daß er sterben könnte, er wurde zu nötig gebraucht, denn wer sollte sonst die Prozession leiten?

Aerschot lag schon weit hinter ihnen; vom letzten Hügel sahen sie schon ganz in der Ferne den Turm von Lier wie eine riesige Pfefferbüchse emporragen, und noch war niemand tot.

Das war noch nie geschehen!

Die Angst preßte sich mehr und mehr in ihr Herz, ein jeder hielt seine Seele mit eisernen Händen im Körper fest. Und man jagte vorwärts, so schnell man konnte, und niemand fühlte Schmerzen in den Beinen und in den vielbewegten Knien. Der ganze Zug war wie ein zu stark aufgeblasener Ballon, vor dessen bevorstehendem Knall man sich die Ohren zuhält.

Nur zwei standen außerhalb dieser Angst. Der Küster, der für heute unsterblich war, und der gemütliche dicke Pastor, der tröstend zu den Menschen sagte: »Was Gott behütet, das ist gut behütet, und wenn ich weggeholt werde, dann bin ich alle Erdentrübsal los; ihr dürft ruhig darum beten, daß der Tod mich am Kragen packt.«

Man kam nach Lier. Wie gewöhnlich ging man durch einen dichten Wall von Menschen, die stets mit großen, ängstlichen Augen neugierig die Sargprozession zu betrachten kamen und fragten, wer diesmal gestorben sei. Und nun war es eine richtige Enttäuschung für die Lierer, als sie hörten, daß es keinen Toten gäbe.

»Hab ich dafür mein Haus allein gelassen«, sagte Jef Verdicht, der Buchdrucker, »um einen leeren Sarg zu sehen? Das nächste Mal bleibe ich daheim. Ich schwitz wie eine Gießkanne, und dabei ist es eine Prozession wie jede andere auch.«

Die Freude der Wallfahrer riß helle Spalten in ihre dunkle Angst, und als sie ohne Toten am »Alten Gott«, einem Vorort von Antwerpen, vorbeikamen, schwenkte Rikus die langen Arme wie Mühlenflügel in der Luft herum und rief: »Wir wollen die Glocken läuten! Wir wollen brennende Kerzen vor unsre Fenster stellen heute abend!«

Dort war Antwerpen!

Noch niemand tot!

»Schneller, schneller!« ging es von Mund zu Mund. Und plötzlich, denn die Prozession von Hunderten von Menschen war wie *ein* Mensch, ging man schneller, schneller, um den Tod zu überlisten, und man fing an zu laufen! Der Unterküster voran mit dem Kreuz, die zwei Chorknaben, die Musik ohne zu spielen, der Pastor, der mit *mußte,* wie er auch mitleidig lächelnd die Leute ermahnte, ruhig zu bleiben, und dann all die Männer und Frauen, die Kranken, die Blinden, die Lahmen, sie liefen, und die zwei Sargträger liefen, und der Postwagen wackelte im Trabe hinterher, und die nicht mehr gehen konnten, saßen darin, aufeinandergepackt wie die Heringe im Faß, und einige hingen auf den Stufen, und die nicht hineinkonnten, wurden hinterhergetragen, mitgezogen, mitgerissen.

Es war, als jage ein unsichtbarer Jäger einen Hirsch. Und man lief und lief, immer lauter und verwirrter klang der Anfang der Ave-Marias, denn niemand konnte ein ganzes beten, und es schwoll an zu einem Schreien, zu einem Heulen.

Und die Sonntagsbürger, die in den Biergärten an der Landstraße ihr Bier tranken, Karten spielten oder Kegel schoben, mußten lachen über die tolle Jagd dieser erschreckten Menschenmasse und riefen: »Narren! Narren! Narren!«

Aber als sie hörten, was los war, kamen sie mit in Spannung und liefen mit, um zu sehen, ob vor dem Berchemschen Tor noch einer sterben würde, und manche unter ihnen machten von der Gelegenheit Gebrauch, um ihr Bier nicht zu bezahlen.

Und da waren die Festungswerke und das Berchemsche Tor mit seinen bronzenen Löwen!

Und man stieß und stürmte unter dem tiefen Tor durch, und die sich innerhalb der Festungsmauern befanden, fingen sofort an zu schreien, zu jauchzen und vor Freude zu toben. Alle Leute wollten zu gleicher Zeit hindurch, man drückte, man zog und stieß.

Der Pastor rief immer: »So schafft ihr euch ja selber noch Tote!« Ein wilder, blinder Wille, am Leben zu bleiben, verdrehte ihnen den Verstand; sie hörten nicht, sondern wälzten sich durch das Tor, wie ein Sack Erbsen, der ausgeschüttet wird. Man fiel übereinander, aber nun waren sie innerhalb der Festung! und sie öffneten den Mund, um vor Freude zu weinen.

Und da fuhr die vollgepfropfte Postkutsche in die Festung! Man war gerettet, es hatte keinen Toten gegeben! Und die Musik begann den »Flämischen Löwen« zu spielen; die einen knieten, die andern tanzten.

Die Tränen strömten ihnen über die schmutzigen, staubigen, verschwitzten Gesichter. Man sang, man jauchzte. Jeder freute sich nicht nur darüber, daß er selber nicht tot war, sondern daß niemand das Leben hatte lassen müssen. Sie fühlten sich unbewußt als ein Ganzes, als *einen* Körper mit vielen Gliedern, als eine einzige Brüderkette.

Man tanzte um das Kreuz herum, man warf die Hüte in die Luft, man winkte mit Stöcken.

Auf Befehl des Pastors schritt der Kreuzträger weiter, und nun gingen die Wallfahrer Arm in Arm tanzend und singend hinterher, nach der Musik, die spielte:

Wo könnten wir denn besser sein,
Als hier bei unsern Freunden.

Und vor dem verblassenden Golde des Tages stand der grün angelaufene kupferne Sankt-Andreas-Turm schwarz gegen den Himmel.

Und da waren Glocken in dem Turm, die dunkel hin und her wiegten, das konnte jeder sehen und hören.

»Die Totenglocken! Die Totenglocken!« sagte man erstaunt, »und es ist doch niemand gestorben!«

Eine Frau kam der Prozession entgegen, ging zum Pastor und sagte ihm etwas.

Und die Nachricht flog über die Häupter der Menge.

Peter Lärm hatte gestern den Tod gefunden in einem Wirtshaus, als er um einer Wette willen vierundzwanzig hartgekochte Eier gegessen hatte.

Und sogleich wußte auch jeder, daß er mitgegangen war in der Prozession und sie in Lier aus Angst verlassen hatte.

Die Freude war auf einmal wie weggeblasen, und die Furcht schlug wie eine Flamme in ihre Herzen.

Das Schicksal zupfte mit eiskalten Fingern an ihren Haaren.

Das Schweinchen

»Vater«, fragt Klärchen, »warum laufen die Schweinchen nackend herum?«

»Weil sie keine Haare haben«, sagt Lieschen.

»Doch, sie haben Haare«, sagt der Vater, »guck, hier ist eins, und da ist noch ein Haar, und ich glaube, hier auch noch eins.«

»Das kann man kaum Haare nennen«, sagt Lieschen, »das kommt von zuviel Heringfressen.«

Und wieder fragt Klärchen: »Warum läuft das Schweinchen nackend herum?«

»Und warum läuft es auf den Zehen?« fragt Lieschen.

»Und warum hat es Augen wie ein schreiender Täufling?«

Und warum ist sein Schwänzchen wie eine Ringellocke?«

Und der Vater fabuliert:

Als der liebe Gott die Tiere geschaffen hat, waren sie noch alle nackend. Aber am selben Tag noch wollte er sie mit Hilfe der Engel, jedes nach seiner Art und seinem Wesen, färben und kleiden. Alle standen brav und ordentlich in einer Reihe und warteten geduldig, bis sie dran kamen. Aber das Schwein, gefräßig von Anfang an, war aus der Reihe weggelaufen und, an der Erde hinschnüffelnd, in den Wald geraten, wo es anfing zu schmausen und zu schmatzen an zarten, saftigen Wurzeln. Und als es gut gegessen hatte, legte es sich vor Behagen auf den Rücken und schlief ein, seine vier Beine in der Luft.

Erst als die Sonne unterging, wurde es wach und erinnerte sich plötzlich an das Bekleiden der Tiere. In aller Geschwindigkeit rannte es nach dem Platz, wo das vor sich ging. Und es kamen ihm viele Tiere entgegen, schön angezogen und bemalt, alle verschieden und jedes für sich kenntlich.

Das Schaf trug ein weißes Hemdchen aus krauser Wolle, der Esel hatte einen grauen Kittel an und auf dem Rücken ein braunes Kreuz gemalt, weil er später den lieben Heiland nach Jerusalem tragen sollte. Der Löwe war bekleidet mit einer Mähne wie ein Palmbaum, die Kuh war weiß und braun gefleckt, der Tiger regelmäßig gestreift auf beiden Seiten, rechts und links ganz gleich. Sogar der Frosch, der sich nicht entschließen konnte, ob er in oder außer dem Wasser leben wollte, hatte ein knapp um die Glieder sitzendes Gummimäntelchen an, das mit allerlei sonderbaren Figuren bemalt war. Der Hund hatte Haare, je nach Wahl, der eine kurz, der andere lang. Die Ziege trug ein Bärtchen wie ein Stadtschreiber, und der Hahn hatte so viele schöne Federn, daß er gar nicht wußte wohin damit, und deshalb die längsten am Ende seines Rückens trug; und die Vögel, all die Vögel, so schön kann man gar nicht träumen, so schön, wie die angezogen waren!

Das Schwein machte lange Beine, um auch so ein schönes Kleid zu kriegen. Außer Atem kam es auf dem verlassenen Platz an.

Aber ach, wie erschrak der liebe Gott, als er das

Schwein da nackend herangetrabt kommen sah! Denn er saß gerade schon mit seinen Engeln auf einer Wolke, um zurück in den Himmel zu segeln, und der Farbenkasten war alle, ganz und gar alle, und die Stoffkiste so leer wie ein Lampenglas.

Er schlug die Hände zusammen. Was nun anfangen!

»Du kommst zu spät«, sagte der liebe Gott zu dem Schweinchen. »Sieh hier den Farbenkasten! nicht mal mit dem Vergrößerungsglas findest du noch ein Tröpfchen, sogar die Pinsel haben wir im Graben ausgewaschen, und der ganze Stoff ist verbraucht! Ach, nun läufst du allein nackend herum! Schweinchen, Schweinchen, warum bist du auch aus der Reihe gelaufen!« Ein Engel stemmte schon die Schulter unter die Wolke, um sie in Bewegung zu setzen, aber das Schwein fing an zu heulen und zu quieken, zu quieken, heiliger Petrus! So jämmerlich, daß sein Rüssel ganz lang wurde und man die Augen nicht mehr sah. Der liebe Gott wurde kreideweiß. Er hätte so gern dem Schweinchen geholfen, besonders weil es nun auf einmal so häßlich geworden war. Da stand er und wühlte mit den Händen in seinen goldenen Haaren.

Und das Schweinchen schrie immerfort: »Ich bin nackend, ich allein bin nackend! Und nicht eine einzige Verzierung, nicht ein einziges kleines Ornament am Leibe! Und ich wär schon mit so wenig zufrieden!« Aber dem lieben Gott schaffte das Geheule weder Farben noch Stoff herbei.

Vor Kummer wand sich der liebe Gott die Haare um die Finger, und da blieb eine schöne Korkzieherlocke hängen. Da fiel ihm das traurige schlappe Schwänzchen des Schweines in die Augen, und ein herrlicher Gedanke schoß in ihm auf.

»Komm mal her!« sagte er, nahm die Brennschere, mit der er das Schaf und andere Tiere onduliert hatte, und erhitzte sie an dem ersten Stern, der an dem blauen Himmel aufblühte, und brachte das schlaffe Schwänzchen in ein zierliches und dauerhaftes Ringellöckchen.

»Mehr kann ich nicht tun«, sagte der liebe Gott, »ich kann doch deine Beine nicht zu Löckchen brennen!«

Und das Schwein sah sich um nach seinem Schwänzchen und fand es so schön, daß es vor Freude grunzte, und es war so stolz darauf und tat sich damit so dick, daß es von nun an auf den Zehen ging, wie ein reiches Dämchen mit einem neuen Hut.

Sommerkirmesse

So ist sie nun eine alte Jungfer geworden mit verschrumpeltem, spitzem Mund. Die Haut hart und glänzend über den Backenknochen, die kleine Stirn in Runzeln gekämmt wie Notenlinien, und das Fleisch am Halse schlapp und lappig; aber um das zu verbergen, trägt sie ein schwarzes Sammetbändchen um den Hals. Sie sieht sich im Spiegel und schließt die Augen. Zu denken, daß sie einst eine zarte, blühende Schönheit war, mit mütterlichen Anlagen und warmem Verlangen!

Sie seufzt. Es wird ihr weh ums Herz.

Sie will die Gedanken von der Vergangenheit ablenken, indem sie hinaussieht durch das offene Fenster.

Aber aus allen Dingen, die sie schaut, kriechen Erinnerungen hervor.

Dort liegt das weiße Dorf mit seinen roten Dächern in dem ruhigen Schoß der Kornfelder und Tannenwälder.

Auf dem spitzen Turm hängt schlapp eine neue Landesfahne. Die Hitze zittert über den blonden Wegen, und das Insektengesumm ist wie das schwellende Rauschen der weißen Hitze. Aus der Ferne, ganz weit hinter den Fichtenwäldern her, kommt schon lange das gellende Pfeifen des herannahenden Kleinbahnzuges.

Er wird das lustige Volk aus der Umgegend heranbringen, um die heißen Tanzzelte bis zum Bersten damit zu füllen.

Daran hatte sie sich nie beteiligt. Sie war die Tochter eines Notars, und ihr Stand erlaubte ihr das nicht.

Aber immer freute sie sich, wenn die Kirmes nahte.

Dann herrschte schon tagelang vorher in dem weißen Herrenhaus ein fröhliches Durcheinander.

Das Silber, das alte Familiensilber, das sie einmal mitbekommen sollte bei ihrer Heirat, wurde dann blank und rein geputzt.

In einem guten Kochbuch suchte sie mit ihrer würdigen Mutter nach den feinsten und wohlschmeckendsten Gerichten. In der Stadt ließ sie ein neues Sommerkleid machen; neue Lieder wurden auf dem Spinett eingeübt, und der gemütliche Vater holte schon den besten Wein herauf, der sonst nur getrunken wurde, wenn er mit seinem Freund, dem Arzt, das Wild verspeiste, das sie zusammen auf der Jagd geschossen hatten...

Und an all den vergangenen Sommerkirmessen, die sie mitgemacht hatte, sah sie, wie ihr Leben langsam im Erlöschen begriffen war.

Als sie noch ein Kind war und mit der Nase gerade auf die Tischplatte reichte, da entzückten sie nur die Torten und der reiche Glanz der Tafel.

Sie wurde größer und kam ins Pensionat. Die Kirmes war immer in den Ferien, und nun galt ihre Aufmerksamkeit den geladenen Verwandten und Bekannten, unter denen feine, höfliche Jünglinge waren, die sie durch ihre Liebenswürdigkeit an die Bücher von Walter Scott erinnerten, die sie so gerne las.

Oh, der Empfang der Festgäste am Postwagen! Dann das auserlesene Mahl, die jugendlichen Gespräche und die Lieder; ein Spaziergang durchs Dorf, zwischen den Kräppelbuden und den geräuschvollen Tanzzelten, und dann abends chinesische Lampions im Garten, unter denen man tanzte beim Geklimper des Spinetts; das alles machte immer das Herz schneller klopfen, und es war so beseligend schwül.

Aber wenn dann die Gäste abgezogen waren und sie wieder allein dastand, da war es, als würden die Saiten einer schönen Geige durchschnitten. Das, wonach sie verlangt hatte, was sie versucht hatte in den Augen der Jünglinge zu lesen, war nicht geschehen. Sie biß auf ihr Taschentuch und blickte traurig zu den Sternen hinauf. Und wenn sie dann auf ihrem Stübchen war, sah sie eine Zeitlang den Liebespaaren nach, die durch die warmen Kornpfade landeinwärts strebten. Sie seufzte, löste ihr Haar, und mit einem noch tieferen Seufzer hing sie das neue schöne Sommerkleid unbefriedigt über eine Sessellehne und blieb lange wach liegen in dem breiten Bett.

Bis zu ihrem dreißigsten Jahr ließ sie sich hoffnungsvoll ein Kirmeskleid machen, aber jedesmal hing sie es am Abend wieder seufzend über die gleiche Sessellehne.

Die Mutter starb. Viele Freundinnen waren verheiratet, und einige hatten schon Kinder. Nun war sie, die früher froh war und scheu in schöner Erwartung, laut und geziert geworden. Aber wenn sie selber fühlte, wie aufdringlich sie war, dann zog sie sich zurück und wollte Teilnahme erwecken, indem sie sich krank stellte. Sie wollte nicht ins Bett, und sie fand es nun wieder so quälend, daß die Gäste sie ins Bett schicken wollten. Trotzig setzte sie sich allein in den Garten, und als sie abends die Reste der Festtafel sah, im Lichte der fast heruntergebrannten Kerzen, da fand sie die Kirmesse dumm und langweilig.

In ihren neuen Sommerkleidern war keine Hoffnung mehr.

Als sie gegen vierzig war, saß kein einziger Junggeselle mehr an der hergebrachten Festtafel. Sie waren alle verheiratet, hatten ihre Frauen mitgebracht, und die Gespräche drehten sich nun um ruhigere Dinge: um Haushalt, Kinderkrankheiten, Geldsachen, Jagd und Politik.

Man bummelte nicht mehr wie früher durchs Dorf. Nur die Kinder brachten nun Lärm und Fröhlichkeit und spielten mit Ball und Reifen auf dem kurzgeschorenen Rasen vor dem Haus.

Der Notar wurde krank, sein Leben fing an zu erlöschen. Verwandte starben. Die Neffen und Nichten, die nun groß geworden waren, saßen verliebt am Tisch, und mit neidischem Blick sah sie ihrem lustigen Treiben zu.

Sie mußte nun versuchen, Witwer und Witwen zu trösten, aber es ging nicht. Sie erhob sich öfters, um in der Küche nachzusehen und der Magd eine gleichgültige Rüge zu erteilen.

Ihr Leben war anders geworden. Es gab kein neues Kirmeskleid mehr, sie hatte so viele im Schrank hängen, und die Zeiten waren teuer.

Ihr Gesicht welkte, und es war ein belehrender Ton in ihre Gespräche gekommen.

Sie zeigte viel Aufopferung für ihren kranken, zittrigen Vater, und sie war froh, wenn die Leute abends fort waren. Sie liebte Stille und Friedsamkeit.

Der Vater starb, und da kam eine wehmutsvolle Ruhe über sie. Ältere Familienmitglieder sagten ab; Nichten und Neffen kamen nicht mehr zu ihrer allzu lehrhaften Tante. Sie waren verheiratet und verlebten den Sommer im Ausland oder an der See. Die Kirmestafel schrumpfte zusammen, wurde kleiner und kleiner bis zu einem runden Tischchen, an dem sie nun saß mit dem Herrn Pastor und dem Arzt.

Man sprach über gute Werke und über die Sünden, die mit der Kirmes verbunden sind.

Aber auch der Pastor starb, und der Arzt wurde unheilbar krank.

Und nun ist heute zum erstenmal kein Fest gewesen. Sie sitzt allein und hat mit zitternden Händen ihr geschlagenes Ei mit Bouillon und ein Butterschnittchen genossen. Sie schnupft, und die langen dünnen Finger streicheln ein dickes, faules Hündchen auf ihrem Schoß.

Sie ist allein mit einer jungen Magd in dem großen, weißen Notarhause, mit seinen weißen Gardinen und den roten Pelargonien vor den Fenstern.

Voll Wehmut betrachtet sie die alten, glänzenden Möbel und das Silber in den Glasschränken, das sie mitbekommen hätte bei der Hochzeit. »Jetzt gehört's mir auch«, tröstet sie sich seufzend. Sie sieht die Empire-Uhr, die ihr Leben eingetickt hat, die noch immer tickt und nach ihrem Tode weiter ticken wird.

Sie zählt eine Weile das Tick-Tack und denkt, »jedes Tick nimmt ein Stückchen von meinem Leben weg«.

Wen wird nach ihrem Tode dieses Tick-Tack begleiten? Eine Uhr ist ihr etwas Geheimnisvolles, vor dem man Angst bekommt, wenn man es lange betrachtet.

Auf einmal fängt in der heißen Stille in einem Tanzzelt Musik an zu röcheln, und eine helle Trompete schmettert lustig drüber hin. Sie lauscht, und eine Träne läuft ihr über die ausgetrockneten, mehlweißen Wangen.

»Dies ist vielleicht meine letzte Sommerkirmes«, seufzt sie gebrochen. Und sie starrt in die große Wohnstube, wo früher die lange Festtafel prangte. Es ist, als ob da Schatten stehen, die sie früher nie gesehen hat.

Sie schaudert.

Draußen ist die Welt rein närrisch vor lauter Sonnenschein, und eine träge Glocke ruft brummend zur Abendandacht.

Das Triptychon von den heiligen drei Königen

Mittelstück

Den Tag vorher, als es Abend wurde, war in dem fallenden Schnee ein knarrendes Kirmeswägelchen, das ein alter Mann und ein Hund zogen, die Straße entlang gefahren, und hinter der Fensterscheibe hatte man das bleiche Gesicht einer schmalen, jungen Frau gewahrt, die schwanger war und große, betrübte Augen hatte.

Sie waren vorbeigezogen, und wer sie gesehen hatte, dachte nicht mehr darüber nach.

Am Tage darauf war Weihnachten, und die Luft stand glasklar gefroren, zartblau über der weiten, in einen weißen Pelz vermummten Welt.

Und der lahme Hirte Suskewiet, der Aalfischer Pitjevogel mit seinem Kahlkopf und der triefäugige Bettler Schrobberbeeck gingen zu dritt die Höfe ab, als die heiligen drei Könige verkleidet.

Sie trugen mit sich einen Pappstern, der sich auf einer hölzernen Stange drehte, einen Strumpf, das gesammelte Geld darein zu bergen, und einen Doppelsack, um die Eßsachen hineinzustecken. Ihre armseligen Röcke hatten sie umgekehrt; der Hirt hatte einen hohen Hut auf, Schrobberbeeck trug eine Blumenkrone von der Prozession her auf dem Kopfe, und Pitjevogel, der den Stern drehte, hatte sein Gesicht mit Schuhwichse eingeschmiert.

Es war ein gutes Jahr gewesen mit einem fetten Herbst: die Bauern hatten alle ein Schwein ins Pökelfaß gelegt und saßen, ihre Pfeife rauchend, mit Speckbäuchen vor dem heißen Herd und warteten sorglos auf den Frühling.

Der Hirte Suskewiet kannte so schöne, fromme Lieder aus alten Zeiten, Pitjevogel verstand den Stern so gleichmäßig zu drehen, und der Bettler wußte so echte, traurige Bettleraugen zu ziehen, daß, als der Mond rot heraufkam, der Fuß des Strumpfes voller Geld saß und der Sack sich blähte wie ein Blasebalg. Es steckte Brot darin, Schinkenknochen, Äpfel, Birnen und Wurst.

Sie waren in fröhlichster Laune, stießen sich wechselseitig mit den Ellbogen und genossen bereits das Vergnügen, am Abend einmal ein ordentliches Glas »Vitriol« in der »Wassernixe« zu trinken und sich mit dem guten und leckeren Essen den leeren Bauch so zu runden und zu prallen, daß man einen Floh darauf würde zerquetschen können.

Erst als die Bauern die Lampe ausdrehten und gähnend schlafen gingen, hörten sie mit ihrem Singen auf und begannen ihr Geld in dem hellen Mondenschein zu zählen.

Jungens, Jungens! Genever für eine volle Woche! Und dann konnten sie sich noch frisches Fleisch dazu kaufen und Tabak!

Den Stern auf der Schulter, stapfte der schwarze Pitjevogel flink voran; die beiden anderen folgten, und das Wasser lief ihnen im Munde zusammen.

Aber ihre rauhen Seelen überfiel nach und nach eine seltsame Bedrücktheit. Sie schwiegen. Kam das von all dem weißen Schnee, auf den der hohe Mond so starr und bleich guckte? Oder von den mächtigen, gespenstischen Schatten der Bäume? Oder von ihren eigenen Schatten? Oder von der Stille, dieser Stille von mond-

beschienenem Schnee, in der nicht einmal eine Eule sich hören ließ und kein Hund nah oder fern bellte?

Dennoch waren sie, Schwärmer und Schweifer der abgelegenen Straßen, der einsamen Ufer und Felder, so leicht nicht einzuschüchtern. Sie hatten viel Wunderbares in ihrem Leben gesehen: Irrlichter, Spuk und sogar leibhaftige Gespenster. Aber nun war es etwas anderes, etwas wie die würgende Angst vor dem Nahen eines großen Glückes.

Es preßte ihnen das Herz zusammen.

Der Bettler sagte mutig: »Ich bin nicht bange!«

»Ich auch nicht«, sagten die beiden anderen zu gleicher Zeit mit zitternden Kehlen.

»Es ist Weihnachten heute«, tröstete Pitjevogel.

»Und dann wird Gott von neuem geboren«, fügte der Hirte kindlichfromm hinzu.

»Ist es wahr, daß die Schafe dann mit dem Kopfe nach Osten stehn?« fragte Schrobberbeeck.

»Ja, und dann singen und fliegen die Bienen.«

»Und dann könnt ihr mitten durchs Wasser sehen«, bestätigte Pitjevogel; »aber ich hab es niemals getan.«

Es war wieder diese Stille, die etwas anderes war als Stille, wie wenn eine fühlbare Seele im Mondenschein zitterte.

»Glaubt ihr, daß Gott nun wieder auf die Welt kommt?« fragte ängstlich der Bettler und dachte dabei an seine Sünden.

»Ja«, sagte der Hirt, »aber wo, das weiß niemand... er kommt nur für eine Nacht.«

Ihre harten Schatten liefen nun vor ihnen her, und das vermehrte noch ihre Furcht.

Auf einmal merkten sie, daß sie sich verlaufen hatten. Schuld daran war der unendliche Schnee, der die gefrorenen Bäche, die Wege und das ganze Land überdeckt hatte.

Sie blieben stehn und sahen sich um; überall Schnee und Mondenschein und hie und da die Bäume, aber kein Hof, soweit man blickte, und auch die wohlbekannte Mühle war nirgends sichtbar.

Sie hatten sich verirrt, und bei dem Mondenlicht sahen sie einer in des anderen Auge die Angst.

»Laßt uns beten«, flehte Suskewiet, der Hirt, »dann kann uns nichts Böses begegnen.« Der Hirt und der Bettler murmelten ein Ave-Maria; Pitjevogel brummte nur so etwas vor sich hin, denn seit der ersten Kommunion hatte er das Beten verlernt.

Sie gingen um ein Gebüsch herum, und da war es,

daß Pitjevogel in der Ferne friedliches Abendlicht aus einem Fensterlein strahlen sah. Ohne ein Wort zu sagen, nur froh aufatmend, gingen sie darauf zu.

Und da geschah etwas Wunderbares. Sie sahen und

hörten es alle drei, aber keiner wagte davon zu sprechen.

Sie hörten Bienen summen, und unter dem Schnee, da, wo die Gräben waren, schimmerte es so hell, als ob Lampen darunter brannten.

Und an einer Reihe träumender Weiden stand ein lahmer Kirmeswagen, aus dessen Fenster Kerzenlicht kam.

Pitjevogel ging das Trepplein hinauf und klopfte an die Tür. Ein alter Mann mit einem harten Stoppelbart kam vertrauensvoll herbei und öffnete. Er wunderte sich gar nicht über die tollen Gewänder, den Stern und das schwarze Gesicht.

»Wir kommen, um Euch nach dem Weg zu fragen«, stotterte Pitjevogel.

»Der Weg ist hier«, sagte der Mann, »kommt nur herein!«

Verwundert über diese Antwort, folgten sie gehorsam, und da sahen sie in der Ecke des kalten, leeren Wagens eine sehr junge Frau sitzen, in blauem Kapuzenmantel, die einem ganz kleinen, eben erst geborenen Kinde ihre fast leere Brust gab. Ein großer, gelber Hund lag daneben und hatte seinen treuen Kopf auf ihre mageren Knie gelegt.

Ihre Augen träumten voller Trübsal; aber als sie die Männer sah, kam Freundschaft hinein und Zuneigung. Und siehe, auch das Kindlein, noch mit Flaum auf dem Kopfe und mit Augen wie kleine Spalte, lachte ihnen zu, und besonders das schwarze Gesicht des Pitjevogel hatte es ihm angetan.

Schrobberbeeck sah den Hirten knien und seinen hohen Hut abnehmen; er kniete auch nieder, nahm seine Prozessionskrone vom Kopf und bereute plötzlich tief seine Sünden, derer er viele auf dem Gewissen hatte, und Tränen kamen in seine entzündeten Augen. Dann bog auch Pitjevogel das Knie.

So saßen sie da, und süße Stimmen umklangen ihre Köpfe, und eine wundersame Seligkeit, größer als alle Lust, erfüllte sie. Und keiner wußte warum.

Unterdessen versuchte der alte Mann in dem eisernen Herdlein Feuer anzumachen. Pitjevogel, der sah, daß es nicht ging, fragte dienstfertig:

»Darf ich Euch helfen?«

»Es nützt doch nichts, es ist nasses Holz«, antwortete der Mann.

»Aber habt ihr denn keine Kohlen?«

»Wir haben kein Geld«, sagte der Alte betrübt.

»Aber was eßt ihr denn?« fragte der Hirte.

»Wir haben nichts zu essen.«

Die Könige schauten verwirrt und voller Mitleid auf den alten Mann und die junge Frau, das Kind und den spindeldürren Hund.

Dann sahen sie sich alle drei untereinander an. Ihre Gedanken waren eins, und siehe, der Strumpf mit dem Geld wurde ausgekehrt in den Schoß der Frau, der Sack mit den Eßsachen wurde geleert und alles, was darin war, auf ein wackliges Tischlein gelegt.

Der Alte griff gierig nach dem Brot und gab der jungen Frau einen rosigen Apfel, den sie, bevor sie hineinbiß, vor den lachenden Augen ihres Kindes drehte.

»Wir danken euch«, sagte der alte Mann, »Gott wird es euch lohnen!«

Und sie machten sich wieder auf den Weg, den Weg, den sie kannten, wie von selbst in der Richtung auf die »Wassernixe«, doch der Strumpf steckte zusammengerollt in Suskewiets Tasche, und der Sack war leer. Sie hatten keinen Pfennig, kein Krümelchen mehr.

»Wißt ihr eigentlich, warum wir alles diesen armen Menschen gegeben haben?« fragte Pitjevogel.

»Nein«, sagten die andern.

»Ich auch nicht«, schloß Pitjevogel.

Bald darauf sagte der Hirt: »Ich glaube, daß ich es

weiß! Sollte dieses Kind nicht vielleicht Gott gewesen sein?«

»Was du nicht denkst!« lachte der Aalfischer. »Gott hat einen weißen Mantel an, mit goldenen Rändern besetzt, und hat einen Bart und hat eine Krone auf, wie in der Kirche.«

»Er ist früher zur Weihnacht doch in einem Stall geboren«, behauptete der Hirt.

»Ja damals!« sagte Pitjevogel, »doch das ist schon hundert Jahre her und noch viel länger.«

»Aber warum haben wir denn alles weggegeben?«

»Ich zerbreche mir auch den Kopf darüber«, sagte der Bettler, dem der Magen knurrte.

Und schweigend, mit Gaumen, die nach einem tüchtigen Schluck Genever und dick mit Senf bestrichenem Fleisch lechzten, kamen sie an der »Wassernixe« vorbei, wo Licht brannte und gesungen und Harmonika gespielt wurde.

Pitjevogel gab den Stern dem Hirten wieder, der ihn aufzubewahren pflegte, und ohne noch ein Wort zu sprechen, aber zufrieden in ihrem Herzen, gingen sie am Kreuzweg auseinander, jeder zu seiner Lagerstätte. Der Hirt zu seinen Schafen, der Bettler unter eine Strohmiete, und Pitjevogel in seine Dachkammer, in die der Schnee hineinwehte.

Heute war wieder Weihnachten, und der Hirte Suskewiet, der jedes Jahr mit Pitjevogel und Schrobberbeeck die heiligen drei Könige gespielt hatte, da sie denn zu dritt mit einem Pappstern und schönen alten Liedern auf den Höfen die Runde gemacht hatten, lag nun, lang ausgestreckt, krank zu Bette, und über ihm war der Schatten des Todes.

In der Ecke stand, an die Mauer gelehnt, die Stange mit dem bunten Stern, und da hing auch eine Krone aus Blech.

Er lag, wo er immer lag, im Schafstall.

Durch ein kleines Fensterchen neben seinem Bett konnte er weit hinaus ins beschneite Land sehen, über dem der halbe Mond wie eine silberne Spule das schöne Sternenkleid webte.

Es war das erstemal, daß er zu Weihnachten seine Kameraden nicht begleiten konnte. Die waren nun zu zweit unterwegs und sangen doch immer noch: »Wir sind die drei König' mit ihrem Stern.«

Seit dem Wunder vom letzten Jahr, da sie auf ihrem Zug in ein Kirmeswägelchen geraten waren, dort einen armen Mann und eine junge Frau mit einem neugeborenen Kind gefunden hatten und aus einem unerklärlichen Drange, in nie gekannter Ehrfurcht hingekniet waren und alles, was sie gesammelt, Geld und Eßsachen dargeboten hatten, seitdem war Suskewiet ein anderer Mensch geworden. Denn deutlich hatte er gefühlt, daß dieses Kindlein Gott gewesen war, der alle Jahre zu Weihnachten für einen Tag neu zur Welt kommt. Ach, er erinnerte sich noch so wohl, wie sie sich verirrt hatten in der heiligen Stunde, wie sie unter dem Eis Licht, wie Lampen, schimmern sahen und in der Luft Bienen singen hörten; wie sie sich fürchteten, und welch eine himmlische Süße ihn und auch die anderen überkam, als sie dies Kindlein sahen, und wie sie in einer plötzlichen Aufwallung, ohne Verabredung, ihre sauer verdienten Groschen, und was sie zum Essen gesammelt, hingegeben hatten.

Und hatten sie nicht auch den armen Mann sagen hören, als Pitjevogel nach dem Wege fragte: »Der Weg ist hier?« Gewiß war das die heilige Familie gewesen. Er hatte es dem Pfarrer erzählt, doch der schwatzte ihn zur Tür hinaus, und der Küster sagte wegwerfend, daß der Hirt ja nur ein Findling und das Gehirn ihm eingefroren wäre.

Wo er es auch erzählen mochte, daß er die heilige Familie gesehn, da lachte man ihn aus, und seine beiden Kameraden hatten den schönen Eindruck jener Stunde schon bald vergessen. Wenn sie mal daran dachten, so sagten sie wohl: »'s war sonderbar, 's war sonderbar«, aber im übrigen kümmerten sie sich nicht mehr darum und sündigten alle Tage noch mehr, um zu Geld und Genever zu kommen.

Doch Suskewiet hatte sein Leben von Grund auf geändert. Es war wohl immer schon ein glimmendes Scheitchen Frömmigkeit in seinem Herzen gewesen, nun aber war es zu einem weißen Feuer aufgeflammt, das ihn in himmlisches Entzücken versetzte und mit schönen, süßen Gefühlen erfüllte, so daß er kaum noch mit seinem Leibe auf Erden war.

Er vernachlässigte seinen Körper und vergaß, seine Schafe zu versorgen.

Vor den Feldkapellen lag er oft stundenlang auf den Knien, sang fromme Lieder und betete Kindergebete.

Auch tat er Buße, um seine früheren Sünden abzuscheuern, und ließ sich nicht abhalten, wenn es fror, das Eis aufzuhacken und sich mit bloßen Füßen ins grimmig kalte Wasser zu stellen.

Und wenn er nun sein lahmes Bein hinter seiner Herde nachschleppte, dann betete er immer an seinem Rosenkranz, und sprach er mit den Bauern, dann war nicht mehr vom Wetter und von den Kartoffeln die Rede, sondern von der Mutter Gottes und dem Jesuskindlein und der Finsternis der Sünde.

Die Menschen nannten ihn früher beschränkt, nun aber hielten sie ihn für gänzlich verdreht und gingen ihm aus dem Weg. Was er erzählte, schien ihnen gut für einen Pfarrer, aber nicht für jemand, der in gewöhnlichen Kleidern herumlief wie er.

Mit großer Sehnsucht erwartete der alte Suskewiet das neue Christfest. Er pflegte den Stern zu verwahren und frischte ihn alle Jahre wieder auf. Auch diesmal beklebte er ihn mit buntem Papier und Schokoladesilber und schmückte ihn mit goldenen Röslein, die noch von einer goldenen Hochzeit stammten. Den hohen Hut wollte er nicht mehr aufsetzen, denn er hatte beim Klempner aus einem Stück Blech, das er gefunden, eine Zackenkrone machen lassen. Die würde ihm noch einmal so schön stehen. Er war eben mit diesen Dingen beschäftigt, als die beiden Freunde kamen, um darnach zu sehn, denn sie hatten gehört, daß noch andre drei

Könige herumziehen würden, und die hatten einen Stern mit Glöcklein und würden also mehr Groschen verdienen.

Doch Suskewiet betrachtete sie argwöhnisch und sagte: »Ich geh mit dem Stern nur mit, wenn wir alles Geld und Essen, das wir einsammeln, den Armen geben.«

»Bist du verrückt?« rief Pitjevogel, der Aalfischer.

»Sind wir denn nicht arm genug?« fragte Schrobberbeeck, der Bettler mit den Triefaugen.

»Nein«, sagte Suskewiet, »alles, was ihr habt, müßt ihr Gott geben. Und ob ihr es den Armen gebt oder Gott, das ist einerlei.«

»Dann bleiben wir zu Haus«, sagte Schrobberbeeck; »oder denkst du, daß ich mir für andere Leute die Seele aus dem Halse singen will? Das macht man einmal und nicht wieder!«

»Ich weiß was Besseres«, sagte der schlaue Pitjevogel, »wir machen uns selbst einen Stern; oder glaubst du, daß wir das nicht können? Tag, verrückter Sus!«

»Macht, was ihr wollt«, rief der Hirt ihnen nach, »aber mit diesem Stern, mit dem wir Gott gefunden haben, sollt ihr kein Geld zusammenbetteln, um zu sündigen!«

Der Himmel mahlte den ersten Schnee über die Erde, und Suskewiet fühlte sich durchströmt von himmlischer Seligkeit. Er allein wollte nun von Hof zu Hof ziehen, um Geld für die Armen zusammenzubringen.

Aber Suskewiet wurde krank und konnte von seinem Bettsacke nicht mehr aufstehn.

Weihnachten kam heran. Der Hirt empfing die

Sterbesakramente. Er hatte den Pfarrer mit seinem goldenen Chorhemd kommen und gehen sehn. Es wurde Abend, und der Mond erschien, um die weiße Welt zu beschauen.

Suskewiet liefen die Tränen über die stoppelhaarigen Backen, weil er nicht zum Besten der Armen Weihnachten feiern konnte.

Vierunddreißig Jahre hatte der Stern ihn seine Lieder singen hören. Nun kam der Tod zu ihm. Sein Herz lebte schon fast nicht mehr, aber sein bißchen Verstand flakkerte dann und wann noch hell auf.

Die Menschen vom Hof hatten eine Weile bei ihm gesessen, waren aber, da er ein wenig schlummerte, wieder ins Haus hineingegangen, wo der Weihnachtsklotz brannte und Waffeln gebacken wurden. Er hörte wehmütig ihren fröhlichen Lärm; eine Klarinette wurde gespielt, und Lieder erklangen.

Er hatte keine zwei Stunden mehr zu leben und flehte zum Himmel, doch erst noch die heilige Stunde vorübergehn zu lassen.

Sein mageres, eingefallenes Gesicht lag schräg, und so konnte er bald den Mond am Himmel sehen und bald den Stern, der in der Ecke glänzte. Seine Hände lagen bloß, groß und abgemagert da; die Finger hatten kein Leben mehr.

Wie er verloren auf die Welt gekommen war, ein Findling, so sollte er nun einsam und verlassen sterben. Nur die guten Schafe blieben bei ihm und hoben von Zeit zu Zeit den Kopf über die Planke.

Der Mond stieg höher und höher, wurde kleiner beim Steigen und immer silberklarer.

Suskewiet bat nur um das eine: um die Gnade, die Weihnachtsstunde noch einmal erleben zu dürfen.

So lag er lange. Endlich sah er hier und dort bei der Mühle Frauen in schweren Kapuzenmänteln mit Laternen in der Hand nach dem Dorfe zu vorbeiziehen. Der Lärm auf dem Hofe verstummte.

Etwas später hörte er Glockengeläut und Orgelklang.

Zuerst konnte er es nicht glauben, denn die Kirche war ja drei viertel Stunden weit entfernt! Aber es war keine Täuschung; da spielte eine Orgel. Sanfte, getragene, singende Klänge, die langsam und feierlich aufquollen, von Rührung und tiefer Inbrunst immer mehr schwellend. So etwas Schönes hatte er nie im Leben gehört. Ehe er sich noch von seinem Staunen erholt hatte, hörte er plötzlich, wie all die Schafe zu blöken anfingen, und in dem Mondschein sah er, daß sie ihre Köpfe nach Osten kehrten.

»Das ist die heilige Stunde!« murmelte Suskewiet, schaudernd vor Erregung.

»Gott! Gott! Mein Stern!« Er wollte sich aufrichten, um aufzustehn und den Stern zu holen, aber es ging nicht.

»Mein Stern!« Er strengte verzweifelt all seine Kräfte an, drückte die Decke mit seinen Füßen gegen die Bettwand und zog sich dann an dem straffgespannten Laken hoch. Er brach in einen rasselnden Husten aus, und als der vorüber war und der Schweiß von seiner Stirne floß, kam er weiter nach vorn, streckte seine mageren Beine aus dem Bett, hustete wieder, wartete nun aber nicht, bis es vorbei war. Er stand aufrecht, lehnte sich an die Mauer und ging Schritt für Schritt mit eingesunkenen Knien zu dem Stern. Endlich saß er wieder auf dem Bett, die blecherne Krone auf dem Kopf und den Stern im Arm.

Und als er sich ausgeruht hatte, nahm er die Schnur, und in die Mondnacht schauend sang er matt und abgerissen, begleitet von den zarten Klängen der geheimnisvollen Orgel:

Wir sind die drei König' mit ihrem Stern,
Wir kommen gezogen aus weiter Fern',
Wir gingen und suchten überall,
Wohl über Berg und über Tal,
Und wo der Stern blieb stillestehn,
Da täten ins Haus wir dreie gehn.

Die Tränen rannen von seinen Backen, Schauer liefen ihm über den Leib, und in seinen brechenden Augen blitzte dann und wann das Feuer seiner verzückten Seele.

Aber wer oder was war das dahinten in der Ferne?

Ein strahlendes Licht, das über den mondbeschienenen Schnee näher und näher kam, immer geradeaus, ohne auf Weg und Steg zu sehen.

Suskewiet hielt erstaunt seinen Atem an, zog aber immerfort gedankenlos an der Schnur, und der Stern drehte sich knarrend rundum.

Es kam näher und näher. Und zu guter Letzt schien es ein ganz kleines Kindlein zu sein in einem weißen Hemdchen, mit bloßen Füßen; es trug ein Weltkügelchen in seiner Hand, und um sein blauäugig liebliches Gesicht und seine goldenen Locken strahlte ein regenbogenfarbenes Morgenrot.

»Wer ist das?« murmelte Suskewiet; »mich dünkt, ich hab dies Kindlein schon einmal gesehn!«

Es kam geradewegs auf ihn zu, es verschwand einen Augenblick unter dem Fenster, und dann ging die Türe auf: und da stand vor ihm das Kindlein wie eine Hekkenrose, so rein und frisch. Der Stall duftete plötzlich wie ein Garten voller Rosen.

»Guten Tag, Suskewiet!« sagte das Kind lächelnd und zutraulich; »da du nicht mehr zu mir kommen kannst, so komme ich zu dir. Kennst du mich noch?«

Über Suskewiet flog ein Leuchten frohen Staunens, und ein Lächeln ließ seine zwei schwarzen Zahnstümpfe sehen. Er nickte lachend, konnte aber vor Rührung kein Wort sprechen, und derweilen hingen die Tränen an den grauen Stoppelhaaren seiner Bakken.

»Ja?« sagte das Kindlein; »dann singe dein Lied nur weiter. Ich höre es ja so gerne.«

Und Suskewiet faßte in heiliger Ehrfurcht die Schnur und sang, während seine Augen voll seligen Feuers in dem rosigen Schein blinkten:

Maria, die war gar verstört,
Als sie den großen Lärm gehört;
Sie meinte, daß Herodes kam,
Um ihr klein Kindelein zu suchen,
Sie meinte, daß Herodes kam,
Zu greifen ihr allersüßestes Lamm.

Und siehe, der schwarze Apfelbaum, der da draußen stand, war nicht weiß von Schnee, sondern weiß von zarten Apfelblüten.

Und da standen die Schafe und sahen über die Planken, und die hintersten stützten sich auf die Rücken der vordersten.

»Komm«, sagte das Kindlein, »gehst du mit in unser Haus?«

»Ach ja, ach ja!« lachte Suskewiet. Plötzlich fühlte er sich wie genesen. Er wollte seine Hose anziehn, aber es schien ihm doch nicht kalt zu sein, und zudem hatte er es zu eilig.

Er nahm den Stern und folgte dem Kind, dem buntschimmernden Kind. Doch er sah sich noch einmal nach seinen Schafen um, die so traurig blökten.

»Dürfen die nicht mitgehn?« fragte er; »ich bin Hirte.« – »Je mehr, je lieber!« sagte das Kindlein.

»Dann kommt nur, meine Kerlchen, kommt!«

Suskewiet öffnete das Gatter, und alle folgten, eng aneinander gepreßt. Und da gingen sie in der silbernen, weißen Nacht dahin. Das Kindlein hielt in seiner kleinen, molligen Hand die große Hand des Hirten und führte den alten Mann durch den ungebahnten Schnee. Er trug den Stern, der im Mondschein glänzte, und hinter ihm kamen die Schafe, mit ehrfurchtsvoll gesenkten Köpfen.

»Dahinten ist es!« sagte das Kindlein und wies in die Ferne, wo ein goldenes Schloß über einem frühlingsblühenden Garten mit seinen Kuppeln und Türmen in den Himmel ragte.

»Ach wie schön, wie schön!« sagte Suskewiet entzückt, und sich nach seinen Schafen umsehend: »Dahinten wird's wohl noch viel besseres Gras geben, was, meine Kerlchen?«

Und dann gingen sie hinein.

Schrobberbeeck und Pitjevogel kamen von ihrer Zweikönigsfahrt zurück. Sie waren trunken von den vielen Gläsern Genever, die sie unterwegs geleert hatten; ihre Krone saß schief, und der Stern war zerdrückt. Arm in

Arm taumelten sie und sangen Gassenhauer. Ihr Weg führte sie an dem Hof vorbei.

»Oh«, rief Pitjevogel, »wir wollen ihm mal mit unserem Geld in die Ohren klimpern! Uns den Stern nicht geben!«

Doch als sie durchs Fenster guckten, da sahen sie Suskewiet in seinem Hemd tot auf dem Bette sitzen; die Blechkrone auf dem Kopf und darüber den schönen Stern, glänzend und bunt. Und voller Schreck liefen sie davon.

Auch wenn das Mondlicht noch so klar über das tiefverschneite Land flutet, das aus sich selber Helligkeit verbreitet, – der Bettler Schrobberbeeck nimmt doch seine brennende Laterne in die Hand, um zur Mitternachtsmesse zu gehn.

Er tut es aus Angst vor Gott.

Es ist nun nicht so wie in den früheren Jahren, da er an diesem Tag mit seinen Freunden die heiligen drei Könige spielte und von Hof zu Hof den Stern drehen ließ.

Das war der Tag, an dem er den meisten Spaß hatte und die meisten Groschen einsteckte.

Angst vor Weihnachten ist in ihn gefahren.

Angefangen hatte das schon vor zwei Jahren, als er, mit Pitjevogel dem Fischer und Suskewiet dem Hirten von der Dreikönigsfahrt kommend, die heilige Familie in einem Kirmeswagen gesehen hatte.

Das Jahr darauf hatte er mit Pitjevogel allein die Stern-Runde gemacht; und als sie angetrunken zurückkehrten, den Bauch voll von heißem Genever, da hatten sie Suskewiet, der seit dem Vorfall mit der heiligen Familie fromm geworden war, tot auf seinem Bette sitzen sehn, einen Stern in seinen Händen und umleuchtet von himmlischem Licht.

Die Christnacht wollte etwas von ihm; er fühlte in ihr Gottes Hände am Werk.

Die Angst umkreiste immerfort sein Herz, und aus Angst ging er nun jeden Sonntag zur Messe. Jedesmal fürchtete er, daß ihm etwas Heiliges begegnen würde, und davor hatte er noch mehr Angst als vor dem Teufel, mit dem sich Pitjevogel nun abgab.

Denn man erzählte sich, es sei, als der Fischer im letzten Sommer nackt zum Baden in die Nethe gegangen, plötzlich ein gewaltiges Unwetter ausgebrochen; Pitjevogels Kleider wehten fort, und in furchtbarem Schrekken lief er nackt über die Felder und geriet in ein Haus, worin ein abgesetzter Pfarrer wohnte, der Umgang mit dem Teufel hatte. Der Pfarrer dachte zuerst, der Teufel wäre es, da Pitjevogels Körper ganz mit schwarzen Haaren bedeckt war, und er sprach ihn an: »Sei gegrüßt, Satan!« »Ich bin nur Pitjevogel«, sagte der Fischer schüchtern. Der Pfarrer hatte sich nun verraten und lehrte Pitjevogel mit dem Mirakelbuch »Der Höllenzwang« die schwarze Kunst.

Seit jenem Tage gab der Fischer so viel silberne Taler aus, als man nur denken konnte, mußte aber alle Abend vor Sonnenuntergang zu Hause sein.

Saß Pitjevogel sonst in den schwülen Sommernächten, wenn der Aal gut anbeißt, in seinem Boote beim Angeln, so war nun, wenn die Sterne am Himmel erschienen waren, nichts mehr von ihm zu sehen, und kein Vergnügen war groß genug, um ihn aus seinem Hause herauszulocken, wenn es Abend geworden war.

Und Schrobberbeeck, der früher viel von Pitjevogel gehalten hatte, denn der Kerl konnte einen zum Lachen bringen, daß es sprudelte, ging ihm aus dem Wege.

Er mied ihn, um nicht Gottes Aufmerksamkeit auf sich zu lenken.

Er stahl zwar nicht weniger, denn das saß ihm nun einmal in den Knochen; er brachte es nicht fertig, etwas liegen zu lassen, das er mitnehmen konnte. Und er trieb sich wie sonst in der Gegend umher, bettelte auf den Höfen, verzog das Blau seiner entzündeten Augen, so daß nichts mehr zu sehen war als Gelbweiß, und plapperte dann ein leieriges Paternoster herunter.

Er war nun auch zu einer Behausung gekommen, nämlich zu einer Holzhütte, worin der Bauer vom Wasserschanzenhof früher seine Gerätschaften aufbewahrte. Sie wurde nicht mehr benutzt, aber Schrobberbeeck nahm sie in Beschlag, schlief und wohnte dort und hamsterte darin zusammen, was er nur erbetteln und fassen konnte. Er hatte sogar eine Spiegelscherbe, worin er sein graurotes Gesicht mit dem brandroten Stoppelbart sehen konnte. Es regnete durchs Dach der Hütte, die Winde rüttelten und schüttelten sie wie ein Aushängeschild, aber er hatte doch das stolze Gefühl, ein Haus zu besitzen, und legte sogar ringsherum ein Gärtchen an, wie einen Tisch so groß, um Radieschen darin zu ziehen.

Aber auch er kam abends nicht zum Vorschein, aus Furcht vor dem Heiligen, das ihn zu verfolgen schien.

Und wenn er tagsüber das Land durchbettelte, nahm er nun, immer aus demselben Grunde, nämlich sich gut mit Gott zu stellen, vor jedem Muttergottesbilde seinen schmierigen Hut ab. Und es standen viele Muttergottes in der Gegend, wohl an die zwanzig. Sie standen da in ihrem steinernen, hölzernen oder gipsenen Gewande; die eine in einem Kästlein, das an einem Baume hing, die andere auf einem Pfahl, wieder andere in steinernen Kapellen. Und indem er diesen Gruß Tag für Tag wiederholte, kannte er sie alle miteinander: er wußte aus dem Kopf, welche Farbe sie hatten, wie groß sie waren, wie sie hießen und wogegen sie halfen.

Er kannte sie alle, von der großen Muttergottes der Sieben Schmerzen aus dem Beginenwäldchen bis zur fingergroßen Muttergottes Zur Ruhe, die in der Vogelhöhle einer vom Blitz gespaltenen Kappweide stand.

Und er kannte auch den ragenden Christus am Kreuz, am Großen Tümpel, aus dem die Kühe zu trinken kamen.

Voller Angst hatte er Weihnachten erwartet, denn er fürchtete, daß ihm etwas Heiliges begegnen würde. Erst hatte er die Absicht, die Nacht im Krug »Zur Wassernixe« zu verbringen. In eine Wirtschaft, wo geflucht und Genever getrunken wird, kommt Gott nicht, dachte er. Aber dann fürchtete er wieder, wenn er das täte, dann würde die Strafe in einer anderen Nacht nicht ausbleiben.

Ach, wo war seine Bettlerruhe geblieben? Lebte er früher nicht seelenvergnügt von einem Tag zum andern?

Aber Weihnachten rückte näher und näher. Er wagte nicht, mit dem Stern zu gehen, so gern er es auch getan hätte, denn es kam ihm vor, als wäre es nicht gut für ihn, mit einem Stern zu spielen, und so kam ihm der Gedanke, zur Mitternachtsmesse zu gehn. Nicht aus Liebe, Glaube oder Frömmigkeit, sondern um das Geheimnisvolle von sich abzulenken. Und um sich Mut zu machen in der weißen, mondbeschienenen Einsamkeit, zündete er die überflüssige Laterne an und ging zur fernen Kirche.

Er wäre am liebsten mit geschlossenen Augen gelaufen, um nur nichts von dieser seltsamen, feierlichen Schneenacht zu sehen, die ihn anblickte wie ein starres Katzenauge, worin es schwefelt.

Ganz in der Ferne läutete dröhnend die Glocke, und er suchte nach den anderen Menschen, die doch auch zur Messe gehen mußten; aber von ihnen war keine Spur zu sehen. Er war mutterseelenallein auf dem Weg. Sein Herz klopfte, und er fühlte sich kleiner und kleiner werden, als ob er ertränke in der mondhellen, weißen Einsamkeit. Als er an der schwarzen, beschneiten Mühle vorbeigekommen war, schien die Ferne ihm noch einmal so fern, und die Angst preßte ihm wie eine Klammer das Herz.

Er schritt aus, so schnell er konnte, wagte aber nicht zu laufen. Warum wagte er denn nicht zu laufen?

Ach, da kam er an den Baum, wo die Muttergottes Zur Zuflucht hing, ein Porzellanfigürchen mit goldenen Lilien auf dem Kleid. Das gab ihm Vertrauen; er zog seinen Hut und sah flehend hinauf. Aber die Muttergottes war nicht mehr da! Und eben, da er Laternenöl zu holen gegangen war, stand sie doch noch in ihrem Kästchen! »Heruntergefallen«, dachte er; aber der Schnee lag glatt und unberührt da, nur bemerkte er, daß just ein Mäuschen über den Schnee gelaufen war, denn man sah Spuren von zierlichen Schritten.

»Es wird gestohlen sein«, sagte Schrobberbeeck und ging hastig weiter.

Er überquerte die Landstraße, um schneller zur Kirche zu gelangen. Und er dachte, an der Brücke jenseits des Baches die Muttergottes Zur Anbetung zu grüßen, die auf einem Pfahl stand; aber die war auch nicht da!

Er blieb erstaunt stehen, die Glockentöne erstarben, und wieder drückte die Stille auf das Land, die geheimnisvolle Stille. Er leuchtete mit seiner Laterne, und wieder sah er die Spuren von zierlichen Schritten im Schnee.

Die Schweißperlen blinkten ihm auf der Stirn. Aber nun fing er an zu laufen! Oh, nun kam das Wunder, nun wollte es ihn erwürgen! Und in all seiner Angst war er neugierig wie ein Weib, ob wohl das Muttergottesbild Für den guten Tod sich noch in der steinernen Kapelle hinter dem Gitter befände.

Nein, es war auch verschwunden! Der verschnörkelte Sockel aus nachgemachtem Marmor war leer, und zwecklos standen nun die silbernen Blumen unter Glasglocken drum herum, die wächsernen und die blau ausgeschlagenen silbernen Votivgeschenke und die verräucherten Engelsköpfe.

Schrobberbeeck war in seinem Leben noch nicht so schnell gelaufen; aber wie schnell er auch lief, er nahm sich doch das Herz, einen Blick auf die Muttergottesbilder, an denen er vorbeikam, zu werfen: – sie waren alle verschwunden!

Es war etwas geschehn, ja es war etwas furchtbar Heiliges geschehen!

Wenn er das Tannenwäldchen da drüben mit seinem Saum von silbernen Birken hinter sich hätte, dann würde er die Kirche erblicken, mit ihren schön und einladend erleuchteten Fenstern.

Jeden Augenblick konnte es nun zwölf Uhr schlagen.

Er lief an den geheimnisvoll schweigenden Tannenbäumen hin. Aufzublicken wagte er nicht. Noch eine halbe Minute, dann kamen die Kirche und die Häuser zum Vorschein, und dann war die Gefahr vorüber.

Aber da hörte er von links her, immer näher, ein Geräusch, und nun kam durch den Schnee keuchend eine kleine Gestalt, einen halben Meter groß, angelaufen. Sie hatte ein rotes Kleid und einen lichtblauen, wehenden Mantel an, und in der keuchenden Brust staken sieben blecherne Schwerter!

»Unsere Liebe Frau aus dem Beginenwäldchen!« stammelte Schrobberbeeck. Und er glaubte vor Schreck tot hinzufallen, als plötzlich diese Gestalt auf ihn zukam und ihm mit ganz alltäglicher, ängstlicher Stimme, die nichts Muttergottesähnliches hatte, zurief: »Ach, Herr Schrobberbeeck, lieber Freund, Ihr grüßt mich ja immer, wenn Ihr an mir vorübergeht, helft mir, helft mir! Ich laufe schon eine Stunde lang, meine Füße tun mir so weh, mein Herz bricht, tragt mich doch bitte zu meinem gekreuzigten Sohn am Großen Tümpel! Sonst komme ich zu spät, um sein Weihnachtsfest zu feiern!«

Und sie streckte flehend ihre Arme aus, der Mantel fiel in schönen Falten an ihr herab, und Veilchendüfte umschwebten sie wie Falter.

Schrobberbeeck stand starr vor Schreck, er stammelte, konnte aber kein Wort herausbringen. Das Heilige war wieder da in all seiner Furchtbarkeit! Er sah sie stumm, verstört an, die Haare sträubten sich ihm unter dem Hut, und seine Augen quollen aus den entzündeten Rändern.

Aber Unsere Liebe Frau flehte verzweifelt weiter: »Ach, tragt mich doch, Herr Schrobberbeeck! Ihr könnt fix laufen, ich bin so leicht wie eine Feder. Wenn ich alleine gehen muß, so dauert es noch eine Stunde, und dann ist das Fest vorüber! Oh, helft mir, ich will auch alles für Euch tun! Aber ich konnte nicht weg,

seht Ihr, es saß da ein Mann vor mir an meinem Kapellchen, ach Gott, und betete: jemand, der um einiger Taler willen seine Seele dem Teufel verschrieben hat, jemand, der in einem Unwetter zu einem abgefallenen Priester hineingelaufen und da an die schwarze Kunst geraten ist. Ach, der Mann flehte so in die Tiefe der Nacht hinein um meinen Beistand, daß er vom Teufel erlöst würde, der kerzengerade hinter ihm stand, wie eine Schlange auf der Spitze ihres Schwanzes! Ich mußte ihm doch erst helfen, nicht wahr, Schrobberbeeck? Ach, ich habe fürchterlich mit der Schlange kämpfen müssen, um den Mann zu retten!!«

»Ist Pitjevogel denn gerettet?« fragte Schrobberbeeck auf einmal zutraulich.

»Ja«, sagte die Muttergottes der Sieben Schmerzen; »aber jetzt tragt mich zu meinem Sohn am Großen Tümpel.«

Nun überfloß ein schönes Licht Schrobberbeecks Seele. »Ach, liebste Liebe Frau«, klagte er, »ich wage nicht, Euch zu tragen, meine Seele ist so schwarz wie meine Füße!«

»Ich will sie bescheinen, bis sie glänzt! Aber nun tragt mich, nun tragt mich!«

»Wenn es das nur ist!« sagte Schrobberbeeck und nahm die Muttergottes auf, trug sie leicht wie ein Kind auf seinem Arm und rannte, soviel seine langen Beine nur hergeben wollten, durch den finsteren Tannenwald, über das Feld, auf den Großen Tümpel zu.

Dahinten stand das Kreuz in mildem Licht!

»Nun laßt mich nur, und schönen Dank, Schrobberbeeck!« Ganz verdutzt setzte er die Muttergottes nieder, die eilig davonlief.

Es war Schrobberbeeck, als wäre er im Himmel gegangen, so süß war es ihm ums Herz gewesen, solange er dies Bild getragen hatte. Gedankenlos lief er weiter, aber was sah er nun! Er kniete in Verzückung nieder.

Das Kreuz stand leuchtend da, der Christus schien ein lebender Leib zu sein, und in einem Halbkreis standen vor dem Kreuz beieinander all Unsere Lieben

Frauen der Gegend, jede in ihrer Größe, aber nun in echten, nicht in gemalten, steinernen oder hölzernen Kleidern.

Er kannte sie alle: die porzellanene Zur Zuflucht, die aus Gips Zur Anbetung, die der Fünf Wunden, die Für den guten Tod, die der Roten Rosen, die der Liebenden, die Fürs gute Brot, die Fürs Fegefeuer, die Für den Weizen, Für die Kartoffeln, Für den Regen, ja sogar die fingergroße Zur Ruhe, die ganz vorne stand, weil sie so klein war. Alle standen sie da und warteten. Sie hatten den Kopf dem Tannenwäldchen zugekehrt, doch da sahen sie die Muttergottes der Sieben Schmerzen angelaufen kommen, und plötzlich kam frohe Bewegung in die fünfundzwanzig lebendigen Standbilder. Und als die Muttergottes der Sieben Schmerzen angelangt war und ihren Platz in der Mitte eingenommen hatte, da knieten sie alle nieder und hoben ihre Hände lobpreisend auf zu ihrer aller Sohne, der seine schönen Augen aufschlug und sie alle freundlich anblickte.

In dem Kranz von Licht sah Schrobberbeeck, wie die Wunde in der Brust des Herrn Jesus wie eine Traube barst und langsam blutete.

Und Schrobberbeeck bat, daß es ewig so bleiben möchte. Denn das war der Himmel!

Am andern Tag standen all die Lieben Frauen wieder in ihrem steinernen und hölzernen Gewande in ihren Kästen, Bäumen und Kapellen.

Aber vor der Kapelle Unserer Lieben Frau der Sieben Schmerzen, im Beginenwäldchen, fand man Pitjevogel tot auf den Knien liegend; seine Hände hielten noch krampfhaft die eisernen Stäbe des Gitters umklammert.

Eine gelbe Schlange, wie ihrer so viele in dem Beginenwäldchen leben, lag tot neben ihm, mit aufgerissenem Bauch, fürchterlich anzuschauen.

Schrobberbeeck war nun ein ganz anderer Mensch geworden, innen, in seinem Herzen. Er hatte all seine Angst verloren und sehnte sich nach mehr so hohen Augenblicken. Des Nachts saß er sogar und wartete darauf, und auch in der Kirche schaute er danach aus.

Äußerlich aber blieb er derselbe, wohnte in seiner verfallenen Hütte, bettelte, und wenn er etwas mitnehmen konnte, was nicht niet- und nagelfest war, so ließ er es nicht liegen.

Das saß ihm nun einmal in den Knochen, und das brachte auch die stärkste Erschütterung seiner Seele nicht aus ihm heraus.

Zu dieser Ausgabe

insel taschenbuch 1289
Felix Timmermans
Das Licht in der Laterne

Text und Illustrationen folgen der Ausgabe: Felix Timmermans, Das Licht in der Laterne. Aus dem Flämischen übertragen von Anna Valeton-Hoos, mit Ausnahme des Triptychons, das Anton Kippenberg übersetzte. Die Bilder zeichnete Felix Timmermans. Insel-Verlag, Leipzig 1926

Sagen und Märchen
im insel taschenbuch

Alexander N. Afanassew: Russische Volksmärchen. Übertragen von Werner von Grimm. Mit farbigen Illustrationen von Ivan Bilibin. it 1058

Hans Christian Andersen: Märchen. 3 Bände. Mit Illustrationen von Vilhelm Pedersen und Lorenz Frølich. Aus dem Dänischen von Eva-Maria Blühm. it 133

– Märchen meines Lebens ohne Dichtung. Ein Skizze. Mit Porträts des Dichters. Aus dem Dänischen von Michael Birkenbihl. it 356

Apuleius: Der goldene Esel. Mit Illustrationen von Max Klinger zu ›Amor und Psyche‹. Aus dem Lateinischen von August Rode. Mit einem Nachwort von Wilhelm Haupt. it 146

Arabische Märchen. Aus mündlicher Überlieferung gesammelt, übertragen und mit einem Nachwort, einem Namensverzeichnis und Worterklärungen versehen von Enno Littmann. it 779

Giambattista Basile: Das Märchen aller Märchen. ›Der Pentamerone‹. 5 Bde. Deutsch von Felix Liebrecht. Herausgegeben und mit einem Nachwort versehen von Walter Boehlich. it 354

Ludwig Bechstein: Das Deutsche Märchenbuch. Mit Illustrationen von Ludwig Richter. it 1113

Ivan Bilibin / Alexander Puschkin / Elisabeth Borchers: Das Märchen vom herrlichen Falken und andere russische Märchen mit Illustrationen von Ivan Bilibin. Nacherzählt von Elisabeth Borchers. it 487

– Das Märchen vom Zaren Saltan. Das Märchen vom goldenen Hahn. Nacherzählt von Elisabeth Borchers. Mit Illustrationen von Ivan Bilibin. it 2002

– Wassilissa die Wunderschöne und andere russische Märchen. Das Märchen vom herrlichen Falken. Mit Illustrationen von Ivan Bilibin. Nacherzählt von Elisabeth Borchers. it 2020

Born Judas. Altjüdische Legenden und Volkserzählungen. Aus dem Hebräischen von Rahel bin Gorion. Auswahl und Nachwort von Emanuel bin Gorion. it 529

Clemens Brentano: Gockel Hinkel Gackeleia. Märchen. Mit Initialen und Lithographien von Caspar Braun nach Entwürfen von Clemens Brentano. Mit einem Nachwort von Franz Deibel. it 47

– Italienische Märchen. Mit einem Nachwort von Maria Dessauer. it 695

– Rheinmärchen. In der von Guido Görres herausgegebenen Ausgabe von 1846. Mit Illustrationen von Edward Steinle. it 804

Deutsche Heldensagen. Nacherzählt von Gretel und Wolfgang Hecht. it 345

Deutsche Sagen. 2 Bände. Herausgegeben von den Brüdern Grimm. Mit Illustrationen von Otto Ubbelohde. it 481

160/1/6.89

Sagen und Märchen im insel taschenbuch

Charles A. Eastman: Indianergeschichten aus alter Zeit. Deutsch von Elisabeth Friederichs. Mit einem Nachwort herausgegeben von Dietrich Leube. Illustrationen und Anmerkungen von Frederick Weygold. it 861

Günter Eich: Der 29. Februar. Ein Märchen. Mit Bildern von Edda Köchl. it 616

Erotische Geschichten aus den Tausendundein Nächten. Aus dem arabischen Urtext der Wortley-Montague-Handschrift übertragen und herausgegeben von Felix Tauer. it 704

Die Erzählungen aus Tausendundein Tag. Vermehrt um andere Morgenländische Geschichten. Herausgegeben von Paul Ernst. Übersetzt von Felix Paul Greve. it 1001

Die Erzählungen aus den Tausendundein Nächten. Vollständige deutsche Ausgabe in zwölf Bänden. Zum ersten Mal nach dem arabischen Urtext der Calcuttaer Ausgabe aus dem Jahre 1839. Übertragen von Enno Littmann. it 224

Eskimomärchen. Herausgegeben und übertragen von Paul Sock. it 795

Geschichten aus dem Mittelalter. Herausgegeben von Hermann Hesse. Aus dem Lateinischen übersetzt von Hermann Hesse und J.G.T. Graesse und mit Nacherzählungen von Leo Greiner. Neu zusammengestellt von Volker Michels. it 161

Geschichten der Liebe aus den Tausendundein Nächten. Aus dem arabischen Urtext übertragen von Enno Littmann. Mit acht farbigen Miniaturen. it 38

Johann Wolfgang von Goethe: Märchen. Der neue Paris. Die neue Melusine. Das Märchen. Herausgegeben und erläutert von Katharina Mommsen. it 825

– Reineke Fuchs. Mit Stahlstichen nach Zeichnungen von Wilhelm Kaulbach. it 125

Jacob Grimm / Wilhelm Grimm: Kinder- und Hausmärchen gesammelt durch die Brüder Grimm. In drei Bänden. Mit Zeichnungen von Otto Ubbelohde und einem Vorwort von Ingeborg Weber-Kellermann. it 829

– Kinder- und Hausmärchen gesammelt durch die Brüder Grimm. Kleine Ausgabe von 1858. Mit Illustrationen von Ludwig Pietsch und einem Nachwort von Heinz Rölleke. it 842

Wilhelm Hauff: Märchen. Erster Band. Herausgegeben von Bernhard Zeller. Mit Illustrationen von Theodor Weber, Theodor Hosemann und Ludwig Burger. it 216

– Mitteilungen aus den Memoiren des Satan. Mit einem Nachwort herausgegeben von Bernhard Zeller und zahlreichen Illustrationen von Rolf Köhler. it 782

160/2/6.89